El vaivén

Pepitas de calabaza s. l.
Apartado de correos n.º 40
26080 Logroño (La Rioja, Spain)
pepitas@pepitas.net
www.pepitas.net

Foto de cubierta: Anónima

ISBN: 978-84-19689-06-1
Dep. legal: LR-1512-2023

Primera edición, enero de 2024

SUSANA MERCHÁN

El vaivén

A todas las mujeres de mi vida. Y a mí, que he pasado de odiar los geranios a plantarlos en mi terraza, y que, por fin, me he convertido en la señora que siempre he querido ser.

*Toda familia de alguna antigüedad o importancia
tiene derecho a un fantasma.*

CHARLES DICKENS

Vaivén
(de *ir* y *venir*)

1. m. Movimiento alternativo de un cuerpo
que después de recorrer una línea vuelve a
describirla en sentido contrario.

2. m. Variedad inestable o inconstancia de las
cosas en su duración o logro.

ÁRBOL GENEALÓGICO

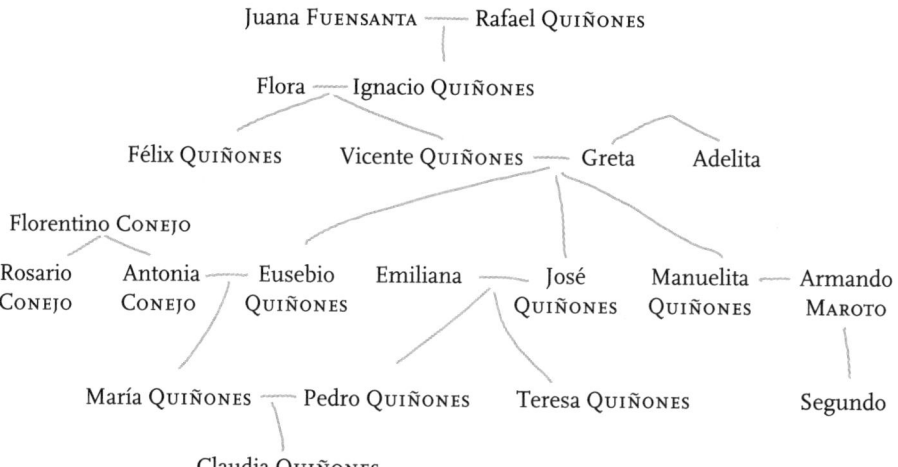

Juana FUENSANTA —— Rafael QUIÑONES

Flora —— Ignacio QUIÑONES

Félix QUIÑONES   Vicente QUIÑONES —— Greta   Adelita

Florentino CONEJO

Rosario CONEJO   Antonia CONEJO —— Eusebio QUIÑONES   Emiliana —— José QUIÑONES   Manuelita QUIÑONES —— Armando MAROTO

María QUIÑONES —— Pedro QUIÑONES   Teresa QUIÑONES   Segundo

Claudia QUIÑONES

Teresa la invadida

Teresa Quiñones se despertaba todos los días pasadas las siete y media. El reloj de la iglesia de Huaiquín no empezaba a dar las horas hasta las ocho, y amanecer antes de las campanadas le auguraba siempre un buen día.

No había conocido a su abuelo y no tenía demasiada confianza con su abuela Greta. Fue Flora, su bisabuela, su verdadera confidente. Con ella compartía todo lo que le pasaba en la escuela y por la cabeza.

Flora iba siempre envuelta en ropa negra y, al contrario que a las abuelas y bisabuelas de sus amigas, no le colgaba la medallita de ninguna virgen del cuello. A Teresa le parecía que Flora llevaba siempre la misma falda de algodón por debajo de las rodillas con la cinturilla descosida y la misma blusa de siete botoncitos. Pero cuando se acercaba a su bisabuela un olor a jabón la hacía dudar.

Flora casi nunca salía de su habitación y dormía muchísimas horas al día. Se levantaba dos veces para comer, que aprovechaba también para ir al baño. A la hora de la cena se metía un trocito de pan en el bolsillo de la falda y se lo desayunaba al día siguiente. Lo dejaba envuelto toda la noche en una servilleta de lino que guardaba en la mesilla para que el aire no se atreviera a endurecerlo. Tenía solo dos dientes y ninguna muela, así que roía el panecito y lo ablandaba con la saliva y la fuerza de sus encías. Se secaba luego la boca con el pañuelo que guardaba entre el esternón y el sujetador y que también usaba para limpiarse la nariz y los ojos.

«Flora se está echando la siesta, Teresita», le decía su abuela todos los sábados en cuanto entraba en la casa. La niña se tenía que aguantar las ganas de entrar corriendo. Esperaba pacientemente en el salón y en silencio mientras ordenaba todas las cosas que tenía que contarle a Flora. Cuando oía ruidos dentro de la habitación, iba corriendo a por una sillita y entraba ya relatando la primera de las cosas importantísimas que tenía que compartir con ella.

Su bisabuela casi nunca le contestaba, pero eso a la niña le daba igual; se conformaba con la novedad de que alguien la escuchara en esa familia.

Flora había sido una señora gorda toda su vida, con el pelo blanco desde que Félix, el más guapo de sus hijos gemelos, se había muerto de neumonía. El otro, el que quedaba, además de feo, era el que había sacado la mala sombra de su padre. Se casó con Greta, la mujer más tierna del mundo, de la que Teresa había heredado la ingenuidad y una tez blanca como la luna.

Flora apenas hablaba y se había ido encogiendo con el tiempo hasta tener casi la altura normal para una mujer. Lo había hecho para intentar sobresalir lo menos posible, pero se le notaba en los ojos que había pasado por demasiadas cosas. Vivía con su nieto Eusebio y su nuera en la casa más profunda del pueblo. Un edificio que, de tanto en tanto, se tambaleaba y cambiaba las cosas de sitio. Con el paso de los años Flora se había acostumbrado al balanceo de la casa y le costaba mucho salir de ella. Incluso estando en el jardín sentía el mal de los marineros al pisar tierra firme y tenía que entrar corriendo.

Teresa era, ante todo, leal. Tenía el arte de modificar su comportamiento para hacer feliz a los que la rodeaban. Le cambiaba el gesto y hasta la voz en función de si era su madre o su prima María la que le hablaba. Esta faceta suya, lejos de traerle paz, le hacía obsesionarse con lo que el resto pudiera pensar de ella.

Tenía un hermano trece años menor, y eso había hecho adulta a Teresa sin vuelta atrás. Pedro había nacido tres años después de que muriera Flora, y nadie, excepto su padre, lo esperaba cuando llegó. A pesar de que su madre ya era muy mayor, Pedro fue el centro de atención y se llevó todos los cuidados que Teresa no había recibido. Augurando, seguramente, el lugar que ese niño ocuparía en su vida, el día en que Pedro nació, a Teresa le bajó su primer periodo.

Tenía veinte años cuando su hermano empezó a manipularla. Su padre, José Quiñones, acababa de morir, y él parecía haber crecido de repente. Las facciones de su cara se habían ensanchado, le había cambiado el carácter, refunfuñaba todo el día y trataba mal a su madre: Pedro había dejado de ser un niño y se había convertido en su padre.

Con solo siete años le cogía las bragas del cajón a Teresa y las pringaba con salsa de mostaza, luego la amenazaba con llevarlas por todo el pueblo y enseñárselas a sus amigas. Pedro, que cada día se parecía más a su abuelo paterno, utilizaba palabras que jamás se le habrían permitido a Teresa en casa. La llamaba puta con una voz que no era la de un niño de siete años pero que, sin duda, salía de su cuerpo. Ella accedía a lo que le pedía porque no quería que todo Huaiquín supiera que era una guarra. De no ser porque llevaba diez años muerta, Teresa habría ido a contárselo todo a su bisabuela Flora. No tenía idea alguna de cómo su hermano se las había apañado para meterse en su mente, pero parecía saber cosas que no le había dicho a nadie.

La verdad era que Teresa mojaba la ropa interior los domingos en la iglesia. Se metía un pendientito de Flora en las bragas y juntaba las manos esperando el momento. Lo había encontrado en el joyero de su abuela Greta y se lo había quedado para recordar a su bisabuela y porque nadie se lo merecía más que ella.

Teresa empujaba con el pie toda la arena que rodeaba su sitio en la iglesia y dejaba caer las rodillas encima. Al rezar se le clavaban las piedrecitas en la carne y se recreaba en el dolor sabiendo lo que estaba por llegar. Disfrutaba así de una penitencia adelantada. Con el retumbar de su cuerpo al cantar *Santo es el Señor* hacía vibrar la perlita que chocaba con su piel en el punto justo. Era su único momento de disfrute. Por supuesto, pensaba que esto era una razón más que suficiente para ser una puta. De no haber sido así no habría accedido a todo lo que accedió con Pedro. Renunciar a ese rato de placer de los domingos no entraba en sus planes.

Así que Teresa le enseñaba las tetas a su hermano y dejaba que las manoseara. Cuando el niño cumplió los diez años trajo a su compañero Ramiro del colegio. Como regalo de cumpleaños le pidió a su hermana que le dejara también a su amigo meter la cabeza entre sus pechos. A partir de entonces los manoseos grupales se convirtieron en una tradición, primero en los cumpleaños y las fiestas de Navidad, y luego como rutina de los sábados.

Teresa había tenido dos ictus certificados médicamente. Ella los había entendido como señales que su bisabuela le mandaba desde el otro mundo para que estuviera más atenta a lo que le pasaba por dentro. Suponía que Flora, que sabía lo que su hermano hacía con ella y, por supuesto, su secreto de la iglesia, se había apiadado y le estaba señalando el camino hacia una vida menos dolorosa.

De la primera embolia Teresa ni se enteró, pero desde ese día no volvió a oír a los que hablaban mal de ella. Tenía veinticinco años, y ya hacía quince que Flora se había muerto. En un intento de que su bisnieta escuchara más lo que sus entrañas tenían que decirle que lo que resonaba fuera, Flora la dejó un poco sorda. Su amiga

Rita, que venía de una familia que encontraba en los rumores y las rencillas el entretenimiento, le reprochaba que siguiera hablando con esa gente que la ponía a caer de un burro enfrente de sus mismas narices. Pero a Teresa le daba igual: la sordera la había vuelto apática y la protegía de habladurías. La utilizaba, sobre todo, para no escuchar lo que Pedro le decía cuando le llevaba la mano a la entrepierna. Jugaba a imaginarse palabras bonitas y se concentraba para hacerlas coincidir con los movimientos de la boca de su hermano.

Con el segundo infarto, Flora encendió el mecanismo que desconectaba la parte de fuera de la piel de Teresa de la de dentro. Ante los manoseos de su hermano, ella se mostraba impasible. Verla nerviosa provocaba en Pedro un disfrute mayor y alargaba el rato de pedirle las cosas que ella no tenía más opción que darle. Así que había aprendido a contener la náusea y a que no se le notaran el asco y la tristeza desde fuera. Pero desde ese segundo ictus, Teresa tampoco se agitaba por dentro, no había nada en su cuerpo que avisara a sus entrañas de que algo no estaba bien. No escuchaba ni sentía a su hermano. Simplemente permanecía quieta esperando a moverse a otra parte del mundo.

Flora, la difunta, había conseguido entrar en Teresa y hacerse un huequito. Tanto gusto le dio plantar su cuerpo otra vez en el mundo terrenal que se fue hinchando como un globo dentro de ella hasta que no quedó ni un resquicio para su bisnieta. Desde fuera era difícil notarlo: no había mucha diferencia entre la Teresa complaciente de siempre y la Teresa poseída.

Desde el tercer ictus, era Flora la que se dejaba manosear por Pedro y la que se hacía la ida para que nadie la descubriera. Por las noches se trenzaba el pelo y, con la ayuda de la oscuridad, se permitía ser ella por dentro y por fuera. Para cuando oía las campanadas de las ocho la trenza ya estaba deshecha, y adoptaba de nuevo la expresión ausente de Teresa. Un asunto pendiente del pasado había hecho a Flora meterse en ella, pero había resultado tan fácil la posesión, que se había acomodado enseguida en el cuerpo de Teresa y le costaba irse. Qué culpa tenía ella de que su bisnieta fuera una pánfila.

Era primavera la última vez que Pedro llevó a su hermana al sótano de la casa de sus abuelos. Lo que él no sabía es que era a su bisabuela a la que estaba desvistiendo. Que Flora utilizaba el cuerpo de su bisnieta para avisarla del peligro y vengarse, por fin, de Rafael Quiñones. Pedro empujó a la que creía que era su hermana hasta la pared del fondo y, cuando se acercó, tropezó con la raíz del jacarandá que se abría paso en el suelo. No es que ella hiciera mucho por evitarlo, pero nada podía esperarse de una joven que había sufrido tres embolias y estaba en un estado catatónico desde entonces. Nadie, ni siquiera Pedro, pudo ver cómo Teresa, la poseída, arrastraba con el pie una piedra grande y afilada, igual que hacía en misa. La colocó en el momento antes de la caída, con tan mala suerte que la cabeza de su hermano fue a parar precisamente allí. Despacio, Teresa se abrochó los botones del vestido y saltó sin hacer ruido por encima del cuerpo de su hermano. En el salón estaba toda su familia haciéndole carantoñas a Claudia, la hija sin padre de su prima.

Horas después encontraron a Pedro en el suelo del sótano, muerto y con los ojos abiertos. Tenía una expresión de incredulidad en la cara que le hacía parecer otra persona. Afortunadamente, la sombra de su asesina se le había borrado ya de los ojos y nadie pudo reconocer a Flora en el negro de su pupila.

El día en el que Teresa debía morir, Flora la tiró por la ventana. Desde la habitación de su prima María Quiñones, fue a parar al jacarandá del jardín. Teresa rebotó en el árbol antes de partirse el cuello en el suelo. Como era domingo, la enterraron con el pendientito de su bisabuela en las bragas y al lado de la tumba de su abuela Greta. Su padre la lloró desde el otro mundo con la sensación encarnada de que lo hacía por segunda vez. La culpa y el mutismo que a veces da la muerte no le dejaron confesárselo a nadie.

Todas las flores

Ninguna de las hermanas de Flora se parecía a ella. Todas tenían los ojos de mandril que tenía su padre. Minúsculos y sabios. Ella, en cambio, había sacado una mirada de extranjera insólita en su familia. Era la quinta, la pequeña. Había nacido con un ojo verde y otro gris, y sin que nadie la llamara. Tanto fue así que siete días la tuvieron sin registrar. Sus cuatro hermanas tenían nombre de flor y, para cuando ella nació, a sus padres se les había acabado la inspiración. Fue su abuelo Vicente el que al mirarla dijo «esta niña no es de su padre y tiene en la cara los colores de todas las flores». Nadie entendió lo que había querido decir, pero solucionaron lo del nombre.

Flora tardó muchísimo en desaparecer. Incluso cuando ya se había muerto se las apañó para no marcharse del todo. A pesar de que a Flora le sentaba mejor la muerte que la vida, tuvo que esperar más de cien años para llegar a ella.

Era alta y corpulenta. Parecía una turista en mitad de Huaiquín. No se quejaba por casi nada y, a pesar de ocupar tanto espacio en el mundo, era discreta. Aprovechaba el tiempo que no gastaba en hablar para aprender y hacerse más lista.

Hasta los dieciocho años Flora había vivido en casa de sus padres, pero a los diecinueve la llevaron con su hermana la mayor, donde estuvo sirviendo ocho años.

Jacinta era terriblemente bajita y siempre estaba embarazada o con algún niño colgando del pecho, así que apenas podía moverse para hacer las otras tareas que Dios había reservado para ella por ser mujer. «Flora, alcánzame eso y llévate al niño. Flora, dame agua que me muero». Y, a pesar de la sequía que había convertido Huaiquín en un páramo, su hermana le acercaba un vasito a rebosar porque le daba susto que se cayera muerta delante de ella.

Flora conoció a Ignacio Quiñones el año en el que su abuelo Vicente murió. Nadie en su familia hubiera apostado a que encontraría marido a esas alturas y la empujaron a casarse. Fueron muy felices los dos primeros años, pero Ignacio se oscureció el día en que su padre, Rafael Quiñones, desapareció.

Rafael era albañil y dedicó los últimos meses de su vida a construir la piscina del pueblo. Un día se fue a trabajar y no volvió por la noche. Se perdió sin dejar rastro. La mitad del pueblo estaba segura de que había dejado a su mujer, Juana, y a su hijo por una costurera de dieciocho años con la que había huido al mar. La otra mitad pensaba que había abandonado Huaiquín porque iba a perder su situación privilegiada, ahora que el río había vuelto al pueblo.

Con la desaparición de su padre, a Ignacio se le cambió el carácter. Se le ensanchó la nariz y le cambió la mirada, se le poblaron las cejas de un día para otro y una sombra se le puso encima. Su mujer lo atribuyó al luto, pero la sombra lo acompañó toda la vida, hasta que una teja se le cayó en la cabeza y lo mató cuarenta y cuatro años después.

Flora, que nada quería tener que ver con Dios, le pidió a Ignacio una boda discreta y, para no dejar sola a Juana Fuensanta, la madre de Ignacio, se instalaron con ella en la casa de la familia Quiñones.

Era la tercera casa para Flora y fue la primera que le dirigió la palabra. La mecía por las noches y abría las ventanas para que entrara el aire y le moviera el pelo.

Su suegro, el desaparecido, parecía espiarla desde el cuadro del salón. Los primeros meses Flora le echaba un trapito por encima al marco, pero la tela amanecía siempre en el suelo. La flor en la solapa del Rafael Quiñones de óleo parecía enfurecida y por las mañanas resplandecía con un lila encendido que se metía en las pupilas de quien lo mirara.

Con el paso de los años, Ignacio se fue haciendo con toda la casa y ocupó con Flora la habitación más grande, dejando recluida a su madre en el cuarto pequeño.

Además de ensombrecerse, tras la desaparición de Rafael Quiñones, Ignacio empezó a perseguir a su mujer. No la dejaba ni de día ni de noche. Aprovechaba cualquier momento y la embestía desde atrás. En la cocina, en el baño, en el jardín. Lo hacía de forma compulsiva, y Flora, que era más fuerte que él y bien podría haberlo evitado, lo consentía sin rechistar.

En el momento en el que supo que estaba embarazada, su marido empezó a despreciarla un poquito más cada día. Ignacio apuraba el tiempo en el trabajo y casi no pasaba por casa.

Poco a poco Flora se quedó sola. Los órganos se le desplazaron para dejar hueco a los bebés, y los ardores que le venían, sobre todo de madrugada, se le hacían insoportables.

Una noche, a las cuatro de la mañana, Juana se la encontró dando arcadas en el salón. Entre las dos arrastraron un colchón desde el sótano y lo llevaron hasta el cuarto mediano. Pusieron unos libritos en las patas de atrás de la cama para que la gravedad ayudara con los jugos intestinales.

Hasta el día de su muerte, Juana durmió en un colchón en el suelo acompañando a su nuera. Hacía un par de años que algo más fuerte que el amor las había unido y, por mucho que quisieran, no podrían olvidarse de ello hasta después de muertas.

Juana le acariciaba la tripa por las noches y le ayudaba a saber cómo estaban colocados sus hijos dentro del vientre. Echaban el cerrojo a la puerta y se daban la mano en sueños y, justo antes de salir de ellos, se la soltaban.

Flora y Juana hacían casi toda la vida dentro de su habitación, pero cuando Ignacio se marchaba a trabajar, preparaban la comida, limpiaban la casa y cuidaban del jardín. Parecía que trabajaran para él.

Ignacio no podía soportar la intimidad y las miradas que había entre ellas. Habían dejado de ser su madre y su mujer para convertirse en dos extrañas a las que permitía, ni sabía por qué, vivir en la casa que su padre había construido.

Flora tenía que parir a finales de septiembre, pero la segunda semana de agosto empezó a ponérsele la tripa dura como una nuez. Le sobresalían dos bultos por debajo de las costillas como dos piedritas que se hubiera tragado.

Habían oído historias terribles sobre partos de nalgas, así que Juana ponía todas las noches sus manos sobre la tripa de Flora y hablaba a los bebés desde fuera. Así consiguió darles la vuelta y colocarlos con la cabeza hacia el mundo.

Cuando llegó el momento, metió los dedos dentro de su nuera y le ablandó las paredes. Flora tuvo contracciones durante once horas y, entre pico y pico de dolor, Juana le masajeaba las lumbares y le estimulaba los pezones.

Luego tiró de los bebés. Los sostuvo en sus manos, los besó como si fueran hijos propios y se los entregó a Flora.

La casa, consciente de que algo importante estaba pasando, hizo coincidir su sacudida con el último pujo.

Flora parió a cuatro patas en el colchón de Juana y en ese mismo colchón amamantó por primera vez a sus hijos. El esfuerzo del parto hizo que un mechoncito se le pusiera blanco, anunciando que esos niños tendrían un futuro oscuro.

Ignacio ni se asomó a la habitación. Salió a pasear para descansar los oídos de tanto grito y no volvió hasta pasados dos días. La primera noche estuvo en casa de su patrón, pero este lo echó a patadas cuando se lo encontró manoseando a su hija en la cocina. Así que la segunda noche pidió asilo al cura y se quedó dormido en un banquito de la iglesia mirando a Dios.

Ignacio apareció en casa dos días después arrugando la nariz por el olor a entrañas que se respiraba. Entró en el cuarto mediano y miró a sus hijos por primera vez. Ni siquiera se sorprendió cuando vio que eran dos. Tocó la cabeza de su mujer en un gesto de cariño que sería el primero en muchos años y el último de su vida. Se acercó a sus hijos y se le iluminó la cara cuando comprobó que eran varones.

Los dos bebés habían salido uno detrás del otro del mismo cuerpo, pero cualquiera diría que venían de sitios completamente distintos.

El que nació después era suave y de tez rosada como Flora. Se había quedado abrazado por dentro a un costado de su madre y no quería salir. Juana tuvo que tirar fuerte de él para desprenderlo, haciendo que su nuera se desgarrara. Era feo y había nacido con mucha fuerza y tiraba con rabia a su madre de los pezones. Flora lo llamó Vicente, como su abuelo, y dejó que Juana eligiera el nombre del otro bebé.

El año en el que desapareció el padre de Ignacio, el río había vuelto a Huaiquín y fue el más húmedo que se recuerda. Unos meses después de que nacieran los gemelos llovió por primera vez en décadas. Todo el pueblo salió a la calle a mojarse con el agua que bajaba del cielo. Solo era una llovizna fina, pero caía como si hubiera estado esperando ese momento toda su vida. Todo aquel que no pasara de los veinte años no sabía lo que era la lluvia. Algunos salieron corriendo y otros se quedaron pasmados, sin saber cómo reaccionar ni qué hacer con toda esa agua. Pensaron que era el mar lo que se les venía encima.

Ignacio imaginaba que era su padre el que caía del cielo, que era esa su manera de volver al pueblo y de traer de nuevo la abundancia a Huaiquín.

Félix Quiñones era más pequeño y redondeado que su hermano, lloraba mucho menos y mamaba los restos de leche que Vicente le dejaba. Los dos bebés dormían con Flora y, cuando nadie los veía, se pellizcaban el cuerpo el uno al otro y se daban cabezazos para ocupar el lugar más cercano a su madre.

La noche de la lluvia, las toses despertaron a Juana y a Flora. La poca humedad de Huaiquín había hecho que los bebés nacieran con los pulmones secos, y esa lluvia repentina les había traído un frío desconocido al cuerpo.

Juana sostenía a Félix contra su pecho mientras miraba por la ventana. Hacía rato que había dejado de llorar, pero no se atrevía a separarse de él y mirarle la cara.

Lo enterraron en el jardín, debajo del jacarandá que el verano anterior ya había triplicado la altura de Flora.

Todo empezó a ir más lento para ella a partir de ese momento. La pena hizo que, ocho meses después de parir, el pelo entero se le llenara de blanco. Los días se le hacían años, y las semanas siglos.

Entre Juana y Flora criaron a Vicente. Vivían en la misma casa que Ignacio pero podían pasar semanas sin que se encontraran. Salían juntas a pasear y, por las noches, compartían cama, dejando el colchoncito para el niño. Suegra y nuera se daban la mano por la calle sin ninguna vergüenza y aprovechaban las mañanas en las que el niño iba a la escuela para manosearse entre las sábanas.

Vicente pasó su infancia y adolescencia en la piscina. Había desarrollado los músculos de su madre y los mantenía haciéndose cuarenta largos cada día. Conoció allí a su mujer y allí se dio su primer beso.

El verano después de que Vicente cumpliera los veintinueve años, un ataque al corazón se llevó discretamente a su abuela Juana al otro mundo. Era un martes por la mañana y cayó desplomada en la plaza mientras compraba jengibre y rabanitos donde Manuel.

La pusieron en la camita donde había dormido los primeros años después de que su marido, Rafael Quiñones, desapareciera.

Flora peinó a su suegra y se encerró con ella toda la noche. La miró durante horas para que no se le olvidaran sus rasgos y la besó antes de que la habitación se llenara de gente. Se quitó uno de sus pendientes y se lo puso a Juana para que se lo llevara al otro mundo. Para que no se perdiera nada allá donde fuera, Flora le colocó sus gafitas de nácar pegadas al entrecejo, como a ella le gustaba llevarlas. Luego dejó pasar a su nuera y a los hijos de Vicente que querían ver cómo era un muerto de cerca. Ignacio ni entró a despedirse de su madre. Pasó los tres días de luto obligatorio encerrado en el sótano. A Juana la enterraron al lado de la plaquita que habían hecho para Rafael Quiñones el día en el que desapareció.

Flora había decidido vestirse de negro desde entonces. Al contrario de lo que había pasado tras la muerte de su hijo Félix, tras la de Juana los años se le pasaron rápido.

Intentaba acelerar aún más los días estando el menor tiempo posible despierta. Remoloneaba en la cama todo lo que podía y se concentraba para dormirse.

Pasó al cuarto pequeño y sus nietos ocuparon la habitación donde había vivido con su suegra. Durante los meses siguientes los niños aparecían en mitad de la noche llorando en el cuarto de Flora. Juana se les presentaba en sueños; entraba en su habitación y miraba debajo de las sábanas buscando a su nuera.

A Ignacio Quiñones se lo encontraron muerto unos cuantos años después. Estaba arreglando la pared del quiosquito de enfrente de la piscina. Los juanetes le estaban matando y se agachó a desatarse los zapatos. De la cornisa cayó una teja que fue a parar en mitad de su nuca y lo mató antes de llegar al suelo.

Flora vio crecer a sus nietos y, al igual que con el primero de sus hijos, vivió también la muerte de Vicente, que se fue de este mundo joven y ciego.

En lugar de una bendición, Flora consideraba su vida larga una penitencia. Llevaba muchos años preparada para irse, pero la muerte se empeñaba en no escucharla.

Encontró en su bisnieta Teresa la misma candidez que tenía Juana y se acercó a ella para sentirse más cerca de su suegra. En las largas conversaciones que compartía con la niña aprovechaba, como siempre hacía, para aprender todo lo necesario sobre ella y utilizarlo en el futuro.

El día en el que Flora cumplió ciento cinco años se la encontraron con los ojos asustados y tirada en el suelo de la habitación pequeña. Tenía el cuerpo frío y su pelo color plata trenzado exactamente como lo llevaba su suegra. Greta, la viuda de Vicente, le encontró un pendientito entre las manos y se lo guardó.

Juana y los dos gemelos muertos, Félix y Vicente, fueron al entierro de Flora dejando un vacío entre los pocos vivos que asistieron. Fue un funeral discreto, como la difunta.

Ocho ojos diminutos la miraban desde debajo de la tierra. Eran todas las flores que habían ido a despedir a su hermana pequeña. En el momento en el que el ataúd empezaba a hundirse en el suelo, Greta recordó que su abuela decía que las cosas de los muertos no se tocan. Quiso meterle el pendiente en el bolsillito de la falda con la que enterraron a Flora, pero su cuerpo ya estaba sumergiéndose en el barro, pasando a formar parte de la tierra.

La casa hundida

Marcos Picón acababa de cumplir los dieciséis cuando le mandaron arreglar las cañerías de la iglesia. No se cambiaban desde hacía más de cincuenta años, casi el mismo tiempo que llevaba seco Huaiquín. Las ovejas se morían de sed y en la tierra no crecían ni algarrobos. El cura se quejaba de que la poca agua que salía de su baño tenía un tono escarlata peligroso y el alzacuellos se le estaba quedando del color del maligno.

Todos los compañeros de Marcos pasaban los dieciocho años y llevaban, por lo menos, un par en el oficio. Como habían hecho con ellos, dejaban al nuevo la parte más desagradable del trabajo.

Así que era a Marcos a quien le tocaba ir dos horas antes que a los demás y empezar a romper el suelo de la iglesia. Luego debía cargar con las baldosas rotas hasta la casa de los Conejo, que era el sitio donde habían tenido a bien colocar la escombrera.

Era verano y el primer día de trabajo cayó en martes. Marcos tenía muy poca idea de por dónde empezar, así que fue levantando poquito a poco con un cortafrío los azulejos de detrás del altar.

Debajo de las baldosas se encontró tierra. Se puso de rodillas y la fue retirando con las manos en busca de una cañería. Cuando hubo excavado una distancia casi igual a su altura, que no era mucha, notó algo raro. Saltó y se metió en la zanja. Con los dedos le pareció palpar tierra mojada. Pensó que había roto algo y tapó como pudo el agujero antes de que llegaran sus compañeros. Claro estaba que lo que había encontrado Marcos Picón no eran tuberías. Era algo mucho más valioso que no descubriría hasta el día siguiente.

Toda la noche se la pasó dándole vueltas a lo que había pasado. Se rozaba las yemas de los dedos recordando la sensación de tierra húmeda.

En las escasas tres horas que durmió, Marcos soñó que nadaba con delfines. Dos de los mamíferos acuáticos que, por lo visto, vivían en la casa de al lado, apoyaban el morro en las plantitas de sus pies y lo empujaban sin ninguna dificultad por las calles de Huaiquín. Las tres horas estuvo yendo de la escombrera a la iglesia y de la iglesia a la escombrera impulsado por delfines.

El día siguiente lo afrontó con emoción y con mucho sueño. En cuatro horas cambiaron las cañerías y prepararon el mortero. Llegó a casa y comió algo que le dio fuerzas para hacer lo que estaba a punto de hacer.

La luna de la madrugada del miércoles tenía el mismo tono carmesí que el alzacuellos del cura. Marcos salió de su casa sumido en una especie de hipnosis y sin rumbo fijo. Fue hasta la iglesia y caminó casi un kilómetro hacia el oeste. No seguía ningún plan, solo estaban la luna, una palita que había tomado prestada de la obra y él. Empezó a cavar como poseído hasta que encontró lo que buscaba. La tierra húmeda parecía llevar años esperándolo. Retiró un poco más de barro y allí lo halló. Algo que parecía un pequeño riachuelo se presentaba espléndido debajo de sus pies. Retiró la arena mojada que lo rodeaba y se empapó la mano cuando el chorro espeso chocó contra él. Con la pala tomó un poco y se la acercó a la cara. El agua lo miró estupefacta, mostrándole su ojo que, con el reflejo rojizo de la luna, le pareció que brillaba como el oro.

Como quien da con algo prohibido o divino, a Marcos le entró el miedo de repente y volvió a colocar toda la tierra en su sitio. El frenesí se le pasó de golpe y corrió a su casa a abrazar a su madre. La señora Picón estaba soñando con el cura sin sotana y roncaba para darse impulso. Abrazado a su madre Marcos pensó que él, que era un recién llegado y estaba pasando una adolescencia complicada, bien podía ser el que devolviera por fin el agua y la abundancia a Huaiquín. Se durmió orgulloso y deseando que llegara la mañana.

Al día siguiente, sintiéndose profeta y creyéndose en deuda con Dios, le contó su descubrimiento al primer obrero que llegó para colocar las baldosas. Le dijo, además, que al tocar el agua había notado curarse las llagas de sus manos. Marcos le enseñó sus palmas suaves como ciruelas japonesas y se sintió bendecido.

Rafael Quiñones plantó un jacarandá un poquito más allá del punto exacto que le había dicho Picón. Cuando la madre de Rafael murió, la planta solo levantaba unos palmitos del suelo, pero ya estaba empezando a florecer y lucía lustrosa entre tanto arbusto seco.

Allí empezó Rafael a construir con sus propias manos la casa donde vivirían las siguientes generaciones de la familia Quiñones.

Tardó dos años en hacer las dos plantas del edificio. Una vez estuvieron en pie las paredes que lo resguardaban de miradas curiosas, empezó a cavar en busca del riachuelo. Y allí lo encontró, unos cuantos metros por debajo del nivel del suelo. Era un hilillo fino que corría con la fuerza de un caballo. El agua era verdosa y fresca. Salía del interior de la tierra y parecía brillante. El sorbo que le dio le supo a mar y a futuro.

Rafael sintió que era Dios el que había puesto esa agua delante de él en mitad de una sequía que estaba ahogando Huaiquín. Que él había sido el elegido para resplandecer entre la multitud indistinguible. Pero Marcos Picón era bajito, medio tartamudo y no se parecía en nada a Dios.

Levantó toda la tierra de alrededor y observó cómo era el cauce antes de poner el suelo del sótano. Coincidiendo con un alto en el riachuelo, dejó una pequeña parte sin solar que no cubrió con azulejos y que dejaba al descubierto el agua corriendo y los subsuelos de la casa. Puso encima una pequeña compuerta de madera que lo tapaba. La compuertita se abría tirando de una anilla de bronce que el propio Rafael Quiñones había mandado tallar. El gancho del que colgaba se asemejaba al rabito de una Q mayúscula y la anilla a la letra misma. Tratando de esconder el acceso a la fuente de felicidad, puso encima el sillón amarillo en el que estaba sentado el día en que dejó morir a su padre.

Para comprar su silencio, Rafael le daba todas las semanas unas garrafas llenitas de agua verdosa a Marcos Picón y a su familia. Se lo podría haber ahorrado, porque al pobre de Marcos nunca se le habría ocurrido decir nada.

La masa de agua, que recorría los subsuelos de la casa que Rafael Quiñones había construido, hacía que se tambalearan los cimientos de tanto en tanto. Los cambios que ocasionaba el movimiento de la estructura se veían cada veintiocho o treinta días, coincidiendo con la menstruación de las mujeres que habitaban la casa o con la luna nueva. Ni el balanceo ni el temblor eran perceptibles, pero se desajustaban las ventanas y los cuadros se torcían. Las puertas se abrían solas y la ropa en las perchas se escurría buscando desesperadamente el suelo.

Durante generaciones, los Quiñones dedicaban el primer día de cada mes a ajustar la casa y a calzar los muebles. Ese día no pisaban la calle y ponían la casa a punto para los siguientes treinta días.

En el pueblo se rumoreaba que Rafael Quiñones había dejado huecos entre los ladrillos de las paredes y las ventanas para poder pasar por allí después de muerto.

Las raíces de los árboles de alrededor habían respetado la estructura del edificio y lo tenían abrazado por los pies. Se movían con la oscilación misma de la casa y, con cada temblor, se expandían un poco más.

Una de las raíces del jacarandá que había plantado Rafael había aprovechado un hueco del sótano para enseñar su punta. Se había metido por un agujerito que quedaba entre la casa y el barro. Con cada temblor se hacía un poco más grande dejando pasar la raíz oblicua hacia el sótano. La corteza que estaba invadiendo lo que con sus manos construyó Rafael Quiñones se abría paso hacia el centro de la casa. La raíz se extendía ordenadamente. Rodeaba las baldosas hexagonales con su brazo puntiagudo, siguiendo obediente el camino de su borde.

Al abrir la puerta principal de la casa, en el suelo, una rosa de los vientos daba la bienvenida y tapaba una grieta que recorría todo el piso de la primera planta. Era un mosaico de cerámica en blanco y negro que indicaba dónde estaba el norte.

Durante cinco meses la mujer de Rafael Quiñones, Juana Fuensanta, estuvo recogiendo piedras blancas y negras del suelo para formar el dibujo de la entrada. Las oscuras las conseguía cerca de la plaza. El puesto de los encurtidos a veces metía en los pedidos piedritas en lugar de aceitunas y se las cobraba a los clientes. No es que lo hiciera a propósito, es que Manuel se estaba quedando ciego y al recogerlas del olivar las mezclaba con los guijarros que había cerca. Los clientes siempre revisaban su bolsa y tiraban al suelo las piedras que se habían colado. Nunca se atrevían a decirle nada a Manuel por no incomodarlo. Así que ahí estaba Juana esperando todos los martes para rescatarlas del suelo. Las limpiaba hasta que quedaban relucientes y descartaba las que fueran demasiado grandes para el mosaico.

Pero, sin duda, las que más le costaba encontrar a Juana eran las blancas. Se iba a la zona donde antes estaba el río y esperaba paciente a encontrar las piedras casi prehistóricas que el agua hubiera desgastado hasta tener el tamaño apropiado. Una a una las fue encajando con mucha paciencia. Con las blancas formaba la figura de la rosa de los vientos y con las negras marcaba la sombra del falso relieve.

Al principio, la fachada apuntaba al puro sur y el mosaico era preciso como una brújula. Con el paso de los años y los movimientos de la casa, fueron saltando las piecitas del suelo y la fachada fue girando hasta apuntar al sureste, borrando todo el esfuerzo de Juana.

Por encima del sótano se elevaba la primera planta, la baja para los que no conocían el secreto de la casa. A la derecha estaba la cocina, que no era muy grande pero tenía una encimera extensa. Al fondo, una puerta con un retrete.

El único cuadro que la casa respetaba y parecía no tambalear con las idas y venidas era el retrato de Rafael Quiñones. Lucía, como recién pintado, y mostraba orgulloso su lado largo perpendicular al suelo. Él mismo lo había mandado pintar a la edad de diecinueve años en un viaje que hizo a Santa Fe. En él, Rafael miraba con una expresión de poseerlo todo a quien quisiera acercarse. El autor había resaltado la prominente nariz y las cejas espesas, que eran las dos características que le hacían parecer a Rafael de una raza superior. Llevaba una flor lila prendida sobre la solapa izquierda de la chaqueta. Rafael la había cogido del jacarandá que ahora estaba en su jardín y la había llevado con mucho cuidado en su viaje hasta Santa Fe para lucirla, como recién cortada, mientras posaba para el retrato. La flor se la había puesto para recordar, siempre que mirara al cuadro, la llamada que Dios le había hecho para brillar por encima del resto.

El retrato presidía la mesa de madera del salón y se veía desde la entrada a la casa. Al lado, dos sofás de lino marrón rodeaban a la chimenea que funcionó los primeros años y que luego se convirtió en un elemento más de decoración.

La planta de arriba tenía un pasillo que la dividía en dos mitades. A la derecha, una habitación chiquitita donde solo cabía una cama. A continuación, la más grande de la casa, donde Rafael Quiñones vivió con Juana, su única mujer en vida. En el lado de la izquierda, un cuarto mediano donde cabían dos camitas y, al final del pasillo, el baño.

Treinta años después de la construcción de la casa, el río volvió a Huaiquín y el riachuelo del sótano dejó de ser necesario.

A pesar de que los Quiñones ya no disfrutaban de una situación privilegiada, la mitad del pueblo les seguía teniendo respeto, y la otra mitad, miedo. Solo abrían la compuertita del sótano en ocasiones especiales: en los funerales o nacimientos de la familia; para brindar por la muerte o por la vida en la tierra. Algunos vecinos aparecían convenientemente por la casa con ramos de flores para el nacido o para el muerto. Buscaban, en realidad, llenarse la barriga de esa bebida que el paso del tiempo y los rumores habían convertido en milagrosa.

Barro

Casi todos los negocios en Huaiquín estaban conectados con la tierra. El suelo de arena roja y la falta de agua habían enseñado a las familias a cavar y construir pozos. La mitad del pueblo vivía a ras de suelo, y la otra mitad unos pocos metros por debajo.

La mayoría había heredado unas manos gruesas y ásperas de remover tierra. No era el caso de los Freire. Ellos las tenían pequeñas y rápidas, y los años y el salitre las habían suavizado. Durante décadas hubo en Huaiquín un déficit de yodo que estaba dejando sin dientes y sin descendencia a muchas familias, y se volvió necesario conseguir pescados y cereales para el pueblo. Como los Freire no tenían las manos aptas para la tierra, se hicieron pescadores. La familia disfrutaba de unos privilegios no escritos que le aportaba el tener su negocio en la costa, lejos de Huaiquín. Se les rizaba el pelo y, con la luz del atardecer, les brillaba tanto que parecían llevar luciérnagas dentro de la cabeza. También la piel de la cara se les había suavizado y traían al pueblo un olor a mar que los convertía en animales exóticos.

A pesar del halo romántico y salado que envolvía a la familia, la realidad de los Freire era bien distinta. Se despertaban a las cuatro de la mañana para llegar a San Pedro de Viecas al amanecer y atrapar a los mariscos más madrugadores. Luego volvían al pueblo y utilizaban la poca agua que tenían para limpiar todo lo que habían conseguido esa mañana. A las diez ya estaban vendiéndolo en la plaza, en su puestecito entre los encurtidos y la fruta. Allí se pasaban el día entero hasta que vendían todo o hasta que les echaban a las ocho de la tarde. La realidad era que siempre se iban a las ocho de la tarde. Cenaban de pie y dejaban la ropa meticulosamente preparada para el día siguiente. Casi sin abrir los ojos, en cuanto sonaba el despertador metían los pies en los pantalones amarillos y se ponían las botas, que seguían húmedas del día anterior. Se alimentaban de todo lo que no vendían, y su casa siempre apestaba a sardina austral.

Juana Fuensanta había ido a la escuela con Moisés, el menor de los Freire. Cuando tenían seis años, el día de Navidad, una intoxicación dejó a varias familias del pueblo en cama. Pudo haber sido la leche del café del desayuno o la merluza que habían cenado la noche anterior.

Los Conejo supieron defenderse mucho mejor y exhibieron orgullosos a sus vacas. Todos los que se acercaron a verlas aseguraron que de ninguna manera esos animales podrían dar cortada la leche. El miedo duró unos cuantos meses y la familia de Moisés empezó a sembrar la desconfianza en el pueblo. Muchos de los pescados se ponían malos antes de venderlos y, para sobrevivir, los Freire tuvieron que eliminar de su dieta todo aquello que no viniera del mar. La ingesta desproporcionada de mercurio había hecho que tuvieran problemas de riñón y que el padre no pudiera controlar bien sus pensamientos.

Moisés faltaba mucho a clase. A veces por miedo y a veces porque su padre se plantaba delante de la puerta y le confundía con un lenguado tratando de escapar.

El niño, que había empezado el curso siendo más bajito que sus compañeros, se estaba quedando, además, delgado como un alfiler. Sus amigos se reían de él y, durante el recreo, le llenaban la mochila de arena. La tierra simbolizaba la abundancia y el éxito, todo lo que los Freire no podían conseguir con esas manitas de mapache. Al menos eso era lo que significaba para él, porque sus compañeros solo estaban interesados en ver cómo se desequilibraba y se caía para atrás. La tierra pesaba y, además de ensuciar el interior de su mochila, a Moisés le hacía avergonzarse de su familia.

Un día se encontró a los niños vaciando los estuches llenos de arena que habían cogido del patio. Pensó que su presencia les enfadaría aún más y quiso desaparecer. Salieron corriendo y Moisés se hizo pis encima del puro susto. Juana se lo encontró gritando de rabia en el baño. Ella no tenía muchos amigos que perder, así que le ofreció al niño intercambiar los pantalones con tal de que dejara de llorar. A la profesora le dijo que no había podido aguantarse y todas las risas fueron hacia ella, desviando la atención del pequeño de los Freire. Juana se dio cuenta de que, por primera vez, los niños se burlaban de algo que no era ni su ojo ni su pierna y que, además, ni siquiera era verdad. Le gustó esa sensación.

Ese favor había quedado como una deuda que el pequeño de los Freire tenía con Juana. Unos cuantos años más tarde se lo devolvió.

Todos los meses Moisés le llevaba una bolsita con piedras grises que recolectaba de la playa sin que su familia lo supiera. Recogía una o dos cada día y las iba guardando. Metía también trocitos de papel higiénico en la bolsa para que no sonaran al chocar unas con otras con el traqueteo de la furgoneta a la vuelta de San Pedro.

Las piedras tenían una cara áspera y con hendiduras abruptas. La otra era lisa como una patata recién pelada.

Juana iba a la plaza el primer martes de cada mes y compraba un besuguito mediano para disimular y también para apoyar el negocio familiar. Siempre le atendía Moisés y le daba, con el cambio, la bolsa con las piedras.

Por las noches, Juana se las pasaba por los pies a Rafael Quiñones. Los tenía llenos de callos y durezas. Los juanetes habían tirado de los dedos gordos de su marido hasta dejarlos casi a cuarenta y cinco grados. Deformaba todos los zapatos y solo estaba a gusto con el pie desnudo, pero trabajaba entre escombros e ir descalzo no era una opción. Después de cenar, Juana le metía los pies en un barreño con agua caliente y sal. Con la parte rugosa le frotaba las durezas hasta limarle las aristas. Desgastaba las piedras y cada día usaba una nueva. Con la parte lisa le esparcía luego por la planta un aceite de escaramujo para que se quedara suave.

El ojo de gallo de su marido la miraba desconfiado todas las noches. Se despedía de ella como si fuera la última vez, pero siempre volvía. También los callos y los juanetes aparecían de nuevo al día siguiente. Deseaba hacer con el alma puntiaguda de su marido lo mismo que hacía con sus pies: limarla primero y luego acariciarla. Todas las noches.

Juana Fuensanta era pequeña y había nacido con las orejas de soplillo y un pelo espeso y ondulado que las ocultaba siempre que ella quería. No tenía hermanos y sus padres la habían tenido ya muy mayores.

A los tres años tuvo una infección de oído que se le extendió por la cara y le dejó paralizado todo el lado izquierdo durante varios días. Unas convulsiones reactivaron la zona dejándole una única secuela de la enfermedad: un ojo vago. Con el paso de los años, la ambliopía había ido tirando del párpado superior hacia abajo, dejándole a Juana una expresión de boba que le hizo perder amistades y que, desde luego, no le hacía justicia. Llevaba unas gafitas de nácar marrón que se le resbalaban por la nariz diminuta.

Los Fuensanta habían sido, junto con los Conejo, una de las familias más ricas de Huaiquín.

Se dedicaban a la cosecha. Cultivaban todas las verduras que la tierra les dejaba, sobre todo repollos y coles. También tenían girasoles que atraían a las abejas y llenaban de amarillo la huerta. Vendían las verduras y la miel que recolectaban.

Juana no salió de Huaiquín en toda su vida. Había nacido con una pierna un poco más corta que la otra y cojeaba levemente, pero eso no le impedía encargarse de la cosecha. Llevaba siempre el pelo recogido con una trenza porque, del balanceo al caminar, se le metía en los ojos. Se había hecho cargo de su padre desde que su madre decidió morirse de repente, así que había tenido que apañárselas ella sola desde pequeña y eso le había obligado a ser resuelta.

A los diecisiete años conoció a Rafael Quiñones y quiso casarse con él inmediatamente. Era bastante mayor que ella, decidido y de carácter fuerte. Su nariz prominente y sus cejas espesas le parecieron una señal inequívoca de bondad. Pero Juana no era muy intuitiva. Él vio en ella una mujer de la que poder aprovecharse, diligente y de mirada pura, y no buscó más.

Rafael Quiñones había perdido a su padre a los once años. A la vuelta de las vacaciones de verano, le entraron unas fiebres desconocidas que redujeron su cuerpo a la mitad. Le sumergieron en un estado de estupor que le impedía realizar las actividades más mundanas. Confundía a su hijo con su mujer y les pedía que le rascaran partes del cuerpo que no reconocía como suyas pero que no paraban de picarle.

Pasó los últimos meses en una cama sin poder moverse. Tratando de proteger a su hijo de la pena, la madre de Rafael se encerró en la habitación con su marido y no permitió que lo viera en ese estado. Entraba y salía únicamente para ir al baño y cocinar.

Pasaba el día sentada en un silloncito amarillo que había colocado al lado de la cama de su marido. Encargaba a su hijo la compra y las cosas importantes se las decían a través de la puerta.

Rafael aprovechaba los momentos en los que su madre estaba en la ducha para asomarse a la habitación. El cuerpo que antes había sido el de su padre descansaba sobre la cama de matrimonio. Ocupaba solo una tercera parte de la mitad del colchón. La colcha estaba cubierta de trapos mojados y manteles de ganchillo a medio tejer que su madre hacía para pasar el rato.

Solo dejó pasar a Rafael cuando llegó el momento. Para prevenir a su hijo del trauma, le avisó de lo que iba a encontrarse. Pero el cuerpo del padre de Rafael había utilizado las últimas fuerzas que le quedaban para abrirle los ojos y reconocer a su hijo. Le había devuelto un color a sus mejillas que no había tenido desde joven y parecía que iba a echar a andar o a volar.

Rafael estaba orgulloso. Pensaba que su padre se había curado por el puro goce de volver a ver a su hijo. Hablaba con él cuando estaba despierto y por las noches no le quitaba ojo.

Al tercer día su madre, sin levantar la mirada del mantel de ganchillo, le dijo: «No lo mires más. Deja que se vaya de una vez». Rafael se giró hacia ella y arrugó el entrecejo. Su padre se murió en ese momento justo, cuando los ojos de su hijo dejaron de sostenerlo. Tanto rato llevaba Rafael mirándolo, que la imagen de su padre se le metió detrás de los párpados y, durante meses, pudo volver a verlo siempre que cerraba los ojos.

Sus padres habían sido buenas personas y, aparentemente, no demasiado pudientes. Pero cuando su padre murió, Rafael heredó una suculenta cantidad de procedencia desconocida que recogió con la mejor de las sonrisas. No tocó ni una moneda hasta que se quedó huérfano del todo dieciocho años después.

El trabajo de albañil era aburrido pero mantenía la mente de Rafael ocupada y le proporcionaba una fuerza física que le hacía sentir poderoso.

Todos los días hacía un descanso entre las cuatro y las cinco de la tarde. Ese ratito le daba la energía suficiente para aguantar las tres horas de trabajo que le quedaban para terminar el día.

Rafael se iba con un trozo de pan a la zona donde una vez estuvo el río y allí se sentaba. Dejaba sus juanetes al aire y se imaginaba el agua corriendo por ese páramo. Rezaba para que no apareciera nunca y seguir amontonando todo el poder debajo de su casa.

Decían que el suelo era de quien lo trabajara, pero Rafael aprovechaba la permeabilidad del barro para extenderse por debajo de la tierra y ocupar las zonas de otros. Eso había hecho con su casa y eso haría también con su familia.

Cuando Rafael conoció a Juana acababa de morirse su madre y estaba construyendo la casa en la que vivirían todas las generaciones que estaban por llegar.

La boda fue la mayor fiesta que había visto Huaiquín en los últimos cuarenta años. Los primos del novio llamaron a las puertas de todas las casas, sacaban a la gente y la invitaban a tragos. El pueblo entero se llenó de música, y el olor a cerdo asado duró una semana en las calles.

Fue la boda más larga del mundo: veintisiete horas en las que no se paró de comer, beber y bailar. El novio desapareció las últimas siete. Se lo encontraron manoseando a dos de sus primas en la puerta del ayuntamiento. Lo llevaron a rastras hasta la casa que él mismo había construido, y donde Juana esperaba encamisonada a que le arrebataran eso que su padre se había empeñado en que dejara de ser suyo. Pero se quedó dormida y no oyó cómo Rafael entraba en la casa. Ni siquiera lo sintió meterse en la cama ni entre sus piernas.

Al día siguiente, a Juana se le quedó en carne viva la piel de las manos intentando quitar de las sábanas la mancha de la vergüenza. Sin nadie que le llevara la contraria, y mezclando la realidad con el deseo, creyó que iba a tener un hijo.

Pero hicieron falta un par de años para que Juana se quedara embarazada. Casi todas las noches se hacía la dormida para que su marido la poseyera y rezaba para que le engendrara una niña. Alguna que otra vez había intentado moverse, pero Rafael se volvía brusco y no hacía más que empeorar la situación. Así que se tumbaba boca arriba y se dejaba hacer.

Juana se quedó embarazada de Ignacio el día en el que cumplió diecinueve años. El parto se le adelantó unas semanas. Toda una noche estuvo con contracciones, pero pensó que era otro ataque de la lumbalgia que le había acompañado todo el embarazo y no dijo nada. Parió a la mañana siguiente sola y sin mucho dolor. Con la sábana arropó a su hijo y no se movió de la cama hasta por la noche, cuando su marido llegó de la obra.

Después de décadas de sequía, y para sorpresa de todos, el río que una vez cruzó el pueblo apareció de nuevo. Empezó con un hilillo de agua que parecía abrirse camino entre el suelo rojizo y, poco a poco, se fue ensanchando el caudal hasta convertirse en el río que fue.

Huaiquín entero se creyó rico y surgieron todo tipo de trabajos en torno a aquello que les había faltado durante todos esos años.

Se hicieron expertos en máquinas de regadío para las cosechas y sembraron arroz hasta en los porches de las casas.

Trajeron al mejor constructor de piscinas del país y le mandaron hacer la más larga y profunda que hubiera hecho nunca. Rafael Quiñones y otros cuantos compañeros suyos participaron en la construcción. Pero Rafael no la pudo ver acabada: desapareció sin dejar rastro semanas antes de terminar la obra.

Al principio, como nadie del pueblo sabía nadar, se sentaban en el borde de la piscina y la contemplaban. La utilizaban como bebedero para las cabras y las ovejas.

Con el paso del tiempo pasó a ser uno de los mayores atractivos del pueblo. Venían de los alrededores a sumergirse en ella, y los de Huaiquín se quedaban mirando desde la explanada ardiente, tratando de aprender con los ojos cómo nadar. Se convirtió en el punto de encuentro de jóvenes que, hartos de encontrar las mismas caras por las calles, buscaban nuevos cuerpos con los que mezclarse.

Se rumoreaba que Rafael Quiñones había abandonado a su mujer y a su hijo y se había escapado al mar buscando otras tierras que conquistar. Nadie en el pueblo volvió a encontrarse con él, pero algunas mujeres juraron haberlo visto vagando por Huaiquín subido en los ojos de su hijo.

La siesta

Adelita siempre había estado muy en contacto con el mundo de los muertos y mantenía con Dios conversaciones desde muy pequeña.

Tenía dos años cuando nació su hermana Greta y, de primeras, le costó mucho compartir el tiempo y a sus padres con ella.

Adelita era muy flaca, tenía la cara llena de pecas y un aspecto de debilucha que le había obligado a ser una bruta para sobrevivir.

Desde que nació su hermana, tuvo claro que tenía que someterla, que no podía permitir que se acostumbrara a verla frágil o se acabaría riendo de ella cuando fuera mayor. La verdad era que los dos años que le sacaba eran suficientes para superarla en fuerza. Así que le pegaba y le arrancaba el pelo desde que era un bebé. En lugar de defenderse, Greta siempre la perdonaba y se callaba delante de sus padres. Pero las marcas en los brazos y los mechones de pelo en el suelo no pasaban desapercibidos.

La primera vez que Dios se puso en contacto con Adelita fue a los siete años. Consideró que ya era suficientemente mayor y que había llegado el momento de ponerse serio. Unos meses antes, la niña había lanzado por la ventana a Pepa, la gallina más gorda del corral. Ponía dos huevos al día, le brillaban las plumas de puro blanco y era la favorita de su hermana. Al oír el golpe contra el suelo, Greta bajó corriendo a socorrerla y se la encontró moribunda intentando caminar. Adelita, la flacucha, apartó de un codazo a su hermana y le pisó el cuello al animal.

Dios, que era muy respetuoso, había intentado comunicarse desde entonces en numerosas ocasiones, sobre todo cuando le rezaba por las noches, pero la niña no paraba de hablar y lo dejaba siempre con la palabra en la boca. Así que un día se le presentó sin avisar en la bañera. Le advirtió a Adelita que dejara en paz a su hermana y que no importaba lo lejos que se fuera, que él también estaba en la escuela y en los ojos de sus padres.

Como no parecía hacerle caso, Dios agendó una tormenta para el día de su octavo cumpleaños y por las noches le mandaba escenas sangrientas que se le metían en los sueños. La amenazó con matar a su hermanita si no paraba de maltratarla. Lejos de considerarlo un castigo, a la niña le pareció un adelanto del cielo. Entonces Dios tuvo a bien precisar: haría sus manos tan pequeñas como las de Adelita y le sacaría a Greta las tripas por la boca, lo haría descuidadamente, como hacía ella la cama por las mañanas. Las guardaría en su mochila y, sin hacer uso de la manipulación divina, todo el mundo sabría que había sido Adelita. Colocaría a la gallina y a Greta detrás de sus párpados para que las viera siempre que cerrara los ojos, todos los días de su vida.

Adelita todavía no lo sabía, pero, una vez que aparece, la culpa no se puede despegar del cuerpo y lo deforma y te quita la comida para comérsela ella. Y entonces te mueres.

Esa experiencia divina la tuvo cuando aún vivían en Santa Fe, mucho antes de que se mudaran a Huaiquín. Con el paso de los años y las amenazas de Dios, Adelita se fue suavizando y no volvió a tirarle del pelo a su hermana ni lanzó más animales por la ventana. Sus ataques continuos de ira los aliviaba rompiendo el mobiliario.

Vicente Quiñones conoció a las hermanas en la piscina que había ayudado a construir su abuelo Rafael Quiñones. También él había aprendido el oficio de albañil y trabajaba en todas las chapuzas que salían en Huaiquín.

Tuvo que vivir toda su vida a la sombra de su gemelo Félix, el guapo, que había muerto a los ocho meses de nacer por una neumonía.

Vicente se había hecho mayor porque no había tenido más remedio. Lo criaron entre su madre y su abuela Juana porque su padre siempre estaba ausente.

Ninguna de las dos sabía nadar, así que se sentaban en el suelo y se entretenían viendo cómo el niño se tiraba al agua. De cabeza, haciéndose una pelotita o recto como un clavo. Las dos mujeres se calentaban el culo con el cemento blanco y se rozaban las manos a escondidas mientras chismorreaban. Eso era el verano.

Por supuesto Vicente no tenía idea de cómo nadar, pero aprendió viendo a los adolescentes de los pueblos de alrededor que llenaban la piscina. Ellos, que venían huyendo del calor, tampoco sabían demasiado, pero se hacían los entendidos tirándose en plancha y dejando que el agua les llevara de un lado al otro de la piscina hasta que los dedos se les arrugaban. Así que eso era lo que hacía Vicente.

Un día vio llegar a las dos hermanas con las toallas al hombro. Adelita tenía la tripa plana como el horizonte y un bañador azul marino que, a pesar de que no se lo quitaba ni para comer, parecía que estrenaba cada día.

Entraron en el recinto de la piscina discutiendo y se sentaron, sin saberlo, al lado de la abuela y la madre de Vicente. Por aquel entonces Adelita tenía diecisiete años, y Greta y Vicente, quince.

Las dos hermanas encontraron en Vicente la oportunidad de socializar en ese nuevo sitio y hablaban todos los días con él. Ellas sentadas en el bordillo con los dedos en remojo, y él sumergido moviendo las piernas como un idiota para no hundirse.

Las noches de verano, después de pasar todo el día en la piscina, se iban a casa de Vicente. En un vaso alto, Flora les preparaba una bebida con limón que les hacía sentirse adultos. Para que no se les acabara nunca, se lo bebían a pequeños sorbos en el jardín porque Adelita prefería no entrar en la casa.

Mientras su hermana y Vicente hablaban, ella cosía manteles y alguna chaqueta de su padre. Desde pequeña había aprendido a remendar las cosas que destrozaba en sus ataques de ira.

Adelita seguía muy conectada con las cuestiones sobrenaturales y sentía mareos al entrar en esa casa que ya no apuntaba al sur. Evitaba, todo lo que podía, pasar tiempo en ella. «Aquí los muertos están más cerca», decía.

Vicente le dio el primer beso a Greta un día en la piscina. Estaba jugando con las dos hermanas a hundirse en la parte más profunda y quiso acercarse a Adelita aprovechando la intimidad que da lo abisal.

El beso no había tenido nada que ver con los que se daba con Clara al salir de la iglesia, ni siquiera con los que veía en las películas. Había sentido al besarla lo mismo que cuando se moría de calor y se tiraba de cabeza: el frío entrando gustoso por la coronilla y atravesándole el cuerpo hasta los pies en menos de un segundo.

Lo que no sabía Vicente era que las hermanas, que también se peleaban debajo del agua, se habían intercambiado las posiciones, con tan mala suerte de que el beso fue a caer en la boca de Greta. En cuanto vio que Adelita estaba a unos cuantos metros de ellos, su sensación se transformó: el beso pasó a colocarse en última posición, por supuesto por debajo del peor que se había dado con Clara Freire.

Diez años después, Greta y Vicente ya tenían dos hijos: Manuelita y Eusebio Quiñones. El niño había heredado la enfermedad pulmonar de su difunto tío Félix y la piel blancucha de su madre y de su tía.

Un sábado de octubre, cuando Vicente tenía veintisiete años, un dolor de cabeza le hizo entrar corriendo a casa y dejar a medias el partido de fútbol que estaba a punto de ganar a los Medina. Greta, convencida de que había pasado demasiado tiempo trabajando el día anterior, le recomendó que se echara una siesta.

Tres horas estuvo dormido mientras en el salón se oía la canción «Nada». Su mujer había comprado el disco de Celia Ballester ese verano al volver de Santa Fe. Era la penúltima canción de la cara B, y Greta llevaba la agujita hasta ese punto para volver a oírla una y otra vez.

Con esa banda sonora de fondo Vicente soñó con las pecas de Adelita. Nunca había estado en el mar, pero durante esas tres horas logró imaginárselo perfectamente. Soñó que una tormenta les pillaba a los dos en mitad de una playa de algún pueblo del norte. Las pecas de su cuñada se desvanecían con el agua que caía del cielo, y él las atrapaba con los dedos tratando de impedir que se le resbalaran por las mejillas. Esa fue la última vez que la vio.

El balanceo de la casa le hizo despertarse. Había desaparecido el dolor de cabeza y su primer sentimiento fue de alivio. Pensó que se le había hecho de noche y dejó caer su mano torpe sobre la mesilla. Tanteando con los dedos halló el interruptor de la lamparita y apretó. El clic no vino acompañado de ninguna luz. El corazón de Vicente empezó a latir atropelladamente mientras aplastaba el interruptor entre sus dedos. Le vino a la cabeza su tío abuelo Luis Alberto, que murió de ciego a los veinte años. Se cayó en una zanja del tamaño de un río que separaba la calle Larga y la calle de la Luna.

Vicente estuvo meses visitando a distintos médicos y ninguno tenía idea alguna de lo que le había pasado. Imaginaba su cerebro lleno de cables de todos los colores y trataba de seguirlos con la mente, pero ninguno conectaba con sus ojos. Habría preferido pasarse todas esas semanas en el sofá, ordenando los recuerdos y las caras en su cabeza para poder encontrarlas cuando quisiera. Pero fueron meses perdidos y se le alborotaron todas las imágenes que durante esos veintisiete años no se había preocupado de archivar. Desde aquella siesta, se le había afinado el oído y se pasaba horas pegado al equipo de música. Jugaba a imaginarse cómo serían las cantantes que sonaban en la radio, pero para él todas tenían la misma cara: la de Celia Ballester. Al principio se entretenía cambiándoles el color de los ojos y de la piel y así las distinguía: Celia de ojos celestes o Celia del Perú, pero siempre Celia. Sin embargo, con el paso del tiempo ya no conseguía modificar nada; intentaba cambiarles el pelo en su mente, pero no recordaba cómo rizarlo y todo lo que le salía era lacio.

Su abuela Juana Fuensanta falleció dos años después de aquel partido de fútbol inacabado, y Vicente tardó otros cuatro en olvidar su cara. Desde entonces, todas las noches antes de acostarse dedicaba unos minutos a tocar los rasgos de su madre. Con el paso de los años y de la pena, se le fueron clavando en los dedos los huesos de los pómulos y podía seguir perfectamente la línea de las arrugas con las yemas. Vivía con miedo de recuperar la vista de pronto y no reconocer ni a su propia madre.

De todos los colores, el que no se le olvidó fue el amarillo, el del sol en la cara, el del verano en Huaiquín. De otros Vicente tenía ligeros recuerdos, que le venían en forma de sonido o de olor. Pero el verde lo había olvidado por completo; mezclaba el amarillo y el azul en su mente, pero los colores se escapaban y se diluían por los pliegues del cerebro antes de juntarse.

Vicente, que llevaba sin tocar a Greta desde unos meses antes de quedarse ciego, la empezó a buscar todas las noches.

Acababa de morirse su padre, Ignacio Quiñones, y algo desconocido y oscuro se le metió dentro. Quería demostrar que era capaz de tener un hijo varón sano. Deseaba que Eusebio fuera el último resquicio de la maldición que había caído sobre él y su hermano gemelo.

A Vicente se le agudizaron las manías y, de golpe, le cayeron encima los años. Él no podía saberlo, pero el pelo se le había vuelto blanco y había envejecido una década en solo unos meses. Se volvió un gruñón como lo habían sido su padre y el padre de su padre y se hartó de estar tanto tiempo a solas con su parte de dentro. No se soportaba.

En los últimos años se acostaba a las ocho. Intentaba pasar más tiempo dormido que despierto. Era en los sueños el único lugar donde podía volver a ver.

Soñaba con su padre y su abuela, que tenían la misma cara de cuando él era pequeño. Vicente sabía que no estaba despierto porque distinguía perfectamente sus rasgos, pero al abrir los ojos no recordaba ninguna imagen. En sus sueños no se oía nada de fondo y tampoco podía tocar las cosas, como si los cablecitos de su cabeza supieran que contaba solo con esas horas para ver y le ayudaran desenchufándose para retirar lo que sobraba, lo superfluo.

Se le había olvidado su propia cara como se le olvidó la de su padre. Todas las noches buscaba un espejo en el que mirarse. Le habría gustado saber si en los sueños el tiempo se había parado también para él como parecía haberlo hecho para el resto.

Para cuando su hijo José nació, Vicente ya no era Vicente. Se lo acercaron y lo palpó sin ganas. Le recorrió el cuerpecito con las manos y se quedó satisfecho cuando hubo llegado al sexo.

Intentó muchas veces concentrarse y soñar con Adelita, pero también ella tenía la cara de todas las cantantes. Buscaba en su mente los huecos donde un día estuvieron los rostros de todas esas personas que conoció, pero solo había oscuridad.

Con cuarenta años se sentía anciano y le costaba cada vez más mantenerse dormido. Murió cansado de buscar imágenes en su cabeza y no encontrar ninguna: nada de su madre, nada de su abuela, nada de nadie.

Velasco, el Conejo

Antes de que Huaiquín se quedara seco, el río era la fuente más importante de riqueza y felicidad del pueblo. Iban allí a bañarse y allí celebraban los bautismos y los matrimonios. Las cosas importantes se hablaban también a la ribera del río. Pero solo eran dos las familias que acaparaban el poder, así que no todos disfrutaban de la abundancia que traía el agua.

Controlar las cosechas y criar animales era lo que más dinero daba. Eran trabajos físicamente insoportables, pero otorgaban un empaque incuestionable a las familias que se encargaban de ellos. Estuvieran caminando en el campo, en la iglesia o a la orillita del río, sus pasos se oían retumbar en todas las calles de Huaiquín.

Eran los Velasco los que se encargaban de las granjas. Vivían en la última casa del pueblo, la más alejada de la plaza. Era pequeñita y humilde y, años atrás, se habían apropiado indebidamente del terreno que iba desde su porche hasta el pueblo más cercano. No había nadie vivo en Huaiquín que recordara la ilegalidad, así que nadie vivo en Huaiquín dudaba de su honradez. Criaban vacas, ovejas pardas, conejos, cerdos blancos y gallinas.

A Alonso, el único heredero de los Velasco, no le gustaba su trabajo. Se quitaba los zapatos siempre que podía para que ni los corderos escucharan sus pisadas. Él, que habría preferido ser cura o cantante, se aburría ordeñando vacas y esquilando ovejas.

Algunos decían que, de tanto pasar el rato entre la cochiquera y el establo, Alonso había mantenido con los animales dudosos comportamientos. Fruto de su idilio con alguna de las criaturas, nació Cristino: un bebé que apareció entre las pajas llorando y le tiró los bracitos a Alonso para que lo cogiera, reconociéndolo como su padre. El niño había adoptado una forma que aparentaba ser humana. Solo le delataban los dos incisivos superiores que eran del tamaño de las pezuñas de los cerdos blancos.

Se rumoreaba que, para acallar las voces del pueblo, Alonso había prometido tierras, cobijo y reputación a la sobrina del lechero. Se había quedado huérfana de padre y lo que sacaba su tío no alcanzaba para mantenerla a ella y a su madre. Las tierras las ofrecía Alonso a cambio de que la lecherita asegurara a los curiosos que Cristino era hijo de los dos.

Se casaron y le cortaron el flequillo al niño como lo llevaba ella para que a la gente no le costara sacar el parecido. Julia, que acababa de cumplir los diecisiete años, se acostaba todas las noches preguntándose por qué había aceptado ese trato. Era cierto que comida no le faltaba, pero tenía que aguantar a un niño al que cortaba los bigotes cada semana y a un señor que olía a cochino hasta los domingos. Durante los cuarenta años que vivió con Alonso, dobló su peso y fue dándole dinero a su madre. Acabó cogiéndole cariño a su marido y se creyó, sin darse cuenta, la madre de la criatura.

Con el objetivo de que el niño les sacara del oficio familiar, Alonso quiso mandar a Cristino a estudiar fuera. Así le ahorraría también la vergüenza. Pensaba que en el extranjero confundirían a su hijo con un animal exótico llegado de la otra punta del mundo y eso lo protegería de las burlas.

Julia y Alonso hicieron cuentas, pero solo vendiendo todas las gallinas y a tres de sus cerdos podían permitírselo. Así que Cristino tuvo que ir a la escuela de Huaiquín, como todos los niños del pueblo. Por las mañanas iba a clase y por las tardes recogía a las ovejas del pasto y atusaba el flequillo a las vacas.

Al niño le costaba entender las asignaturas, sobre todo las que eran puro constructo humano, como las matemáticas o la literatura, pero se mostraba diligente con la profesora. Se tomaba el estudio muy en serio. Hacía los deberes por las noches, cuando las vacas roncaban y las luces estaban ya apagadas. Daba vueltas al lapicerito y lo roía mientras intentaba multiplicar números de dos cifras.

Por supuesto, todos sus compañeros se reían de él. Para molestarlo, cuando la profesora salía de clase, daban saltitos a su alrededor moviendo la nariz arriba y abajo. Cristino les mordía los brazos y las manos para defenderse. Los niños se inventaron muchos nombres para él, todos hirientes, pero acabó quedándose con el primero y el más simple: Velasco, el Conejo.

Cristino tuvo siete hijos, todos con los dientes como onzas de chocolate. Debido al estrés y a la necesidad constante de integrarse en la vida humana, los Velasco habían adquirido el hábito de apretar los incisivos contra el labio inferior.

Acostumbrados a vivir en comunidad, el individualismo les generaba ansiedad. Iba todo demasiado rápido para ellos y les costó unas cuantas generaciones separarse de lo salvaje y encajar. Los genes dominantes y la evolución caprichosa les hicieron despuntar, además de por los incisivos prominentes, por carecer de labios con los que ocultarlos. A pesar de todo, tenían un atractivo fuera de lo normal y eran fértiles como sus antepasados lagomorfos.

Sin embargo, el tiempo y la mezcla continuada con humanos hicieron que la fertilidad y el apellido se fueran perdiendo poco a poco. Cuatro generaciones después de Cristino, los niños del colegio habían hecho realidad su mote. Los Velasco pasaron a ser los Conejo y habían bajado la media a dos o tres descendientes.

En la época de Florentino Conejo no había nadie en el pueblo que recordara el verdadero apellido de la familia. Ni siquiera ellos mismos. Fue la última generación que se dedicó a la cría de animales. La sequía llevaba años instalada en Huaiquín y las vacas se les morían de sed.

Honrando a sus antepasados, Florentino había tenido un hijo fuera del matrimonio. Un día, paseando por el campo con las cuatro cabras que le quedaban, tuvo un encuentro con una señora que había venido al pueblo huyendo de su marido.

Dado el tamaño de los incisivos del niño, no tuvo más remedio que pasarle una pensioncita a la madre a cambio de su silencio y de que lo sacara lo menos posible de casa. Pero se encontraban continuamente: comprando el pan, cuando Florentino y su mujer esperaban a sus hijas en la puerta de la escuela y en la piscina en verano.

El hijo bastardo, que vivía a las afueras de Huaiquín, cuando cumplió los dieciséis años se marchó con sus dientes y el dinero de su padre a otra parte.

Las dos hijas legítimas de Florentino eran menuditas. Antonia había sacado el pelo agraciado de su madre y una rectitud en el carácter jamás vista en esa familia y, desde luego, impropia de una niña. Regañaba a su padre cuando se quedaba dormido y a su madre cuando la comida estaba sosa.

Rosario, la pequeña, tenía el gen Velasco descontrolado y destrozaba a dentelladas los brazos de los sillones y las cortinas del salón.

Florentino llevaba todos los años a sus hijas al doctor Maroto para que les limara los incisivos pero, como las flores en primavera, volvían a crecerles al año siguiente.

Eusebio Quiñones estaba unos cursos por delante de Antonia Conejo en la escuela. No iba a clase porque no podía separarse de su bombona de oxígeno más de diez minutos, así que no conocía a nadie de su edad.

Sufría la misma enfermedad pulmonar que su tío Félix, el hermano gemelo de su padre que había muerto a los ocho meses. Aunque Vicente Quiñones había despreciado a Eusebio desde que supo que estaba enfermo, quería asegurarle un futuro a su hijo. Así que, antes de morir, había insistido en que fuera una de las niñas de Florentino la que lo ayudara con las materias.

Florentino recibió extrañado la llamada de Greta y mandó a su hija mayor al día siguiente con una pata de cordero como agradecimiento.

Antonia Conejo había escuchado a sus padres historias extrañas sobre la casa Quiñones. Rumores sobre una bebida milagrosa y un árbol mágico que asomaba por encima de la valla que rodeaba el jardín. A ella, que tenía unas expectativas muy altas, le faltaron ojos para observar todo el primer día que fue a dar clase a Eusebio. En la hora y media que estuvo allí, pasó dos veces al baño para abrir el armarito de encima del retrete, pero solo encontró inhaladores y pastillas para la tos. Le dio por beber compulsivamente el agua que salía del lavabo en busca de una sensación que confirmara sus poderes. Después pegaba la cara en el espejo y buscaba señales divinas que mostraran su inmortalidad. Pero nunca pasaba nada.

No había nada raro tampoco en el jacarandá del jardín; aún así, Antonia se empeñaba en sacarse las zapatillas y frotarse los pies con el tronco por arriba y por abajo antes de llamar a la puerta. Eso le hacía sentirse más alta en cuanto pisaba el mosaico en blanco y negro que había nada más atravesar la puerta. Luego la sensación desaparecía cuando volvía a su casa.

Iba todos los jueves a darle clase a Eusebio. Estudiaban aritmética la primera media hora. Luego leían algún poemita o el párrafo de un libro que hubieran mandado a Antonia en la escuela. Y la última hora la dedicaban a hacer experimentos.

Ninguno había visto un cuerpo desnudo que no fuera el suyo, así que se quitaban la ropa y se miraban desde lejos, cada uno sentado en una silla. Pero la época de la observación duró poco. Se pasaban la lengua por la espalda para probar cómo sabían los lunares y los huesos puntiagudos de las escápulas. Pronto descubrieron que había zonas especiales que se volvían jugosas cuando las lamían.

Cuando Antonia y Eusebio formalizaron la relación y se casaron, Greta les cedió la habitación de matrimonio que hacía años que no compartía con nadie, dejando espacio para todos esos nietos que le hubiera gustado tener.

Antonia ya no tenía que poner excusas para ir al baño ni para frotarse con esas paredes mágicas. Desarrolló unas piernas de atleta porque en los encuentros sexuales que compartían, se subía encima de Eusebio y cabalgaba. Hasta el pitidito de la máquina de oxígeno parecía acelerarse con el ritmo de las embestidas. Rápida se bajaba de encima de su marido en cuanto notaba que se acercaba el momento del clímax. No solo para evitar descendencia, sino para ahorrarle un infarto al débil corazón de Eusebio. Estaba harta de tantas primas y de tantos bebés a su alrededor y no tenía ninguna gana de tener hijos. Además, a Eusebio el orgasmo le sentaba fatal: se le ponían los labios azulados y raros. Pero el azar, y seguramente su ascendencia animal, hicieron que se quedara embarazada.

Celebraron la llegada del bebé con flores y brindando con el agua que salía del sótano de la casa. Antonia bebió hasta inflarse como un globo.

María Quiñones nació antes de lo debido y con dos dientecitos ya desarrollados. Tiraba de los pezones de su madre al mamar y se los dejaba rojos como cerezas. Para calmarla y dejar descansar al pecho, Antonia le daba trocitos de pan. Los cortaba pequeñitos y se los ofrecía con los dedos. María los roía y dejaba en carne viva las yemas de su madre.

Antonia disfrutaba secretamente de este placer sádico que le proporcionaba su hija. Metía los dedos en la boca de María para sentir dolor, por el solo hecho de sentir algo. Luego deslizaba su manga por la cara de la niña para limpiarle la sangre y se vendaba los dedos con trapos de cocina.

María era pequeña como su madre y discreta como su bisabuela Flora. Hasta los dos años vivió en la habitación con sus padres porque su tía Manuelita y su marido ocuparon el cuarto de las dos camas, y su abuela Greta el pequeño.

Desde el jardín, la niña veía cómo su tío Armando hablaba con un grillo todas las noches. Habría querido que la dejaran entrar en esa habitación para hincarle el diente al bicho.

Iba a la escuela de Huaiquín con otros quince niños. Blanca fue su mejor amiga desde el principio y se pasaba las tardes jugando en su jardín. Las tardes de lunes a viernes, claro, porque los fines de semana el padre de María se empeñaba en que estuviera en casa para recibir a sus tíos y a sus primos.

Durante el curso escolar la niña que se sentaba a su lado era Blanca, su compañera de clase. Hacían los deberes juntas y hablaban de todo mientras merendaban pan con chocolate. Pero en cuanto llegaba el verano su amiga parecía transformarse. Entonces era Blanca la de las piernas largas y tostadas. Blanca la del pelo brillante. A María le entraba la vergüenza cuando se acercaba a ella en la piscina, y prefería no verla en bañador. Así que se pasaba todo el verano ignorando a su mejor amiga y deseando que llegara otra vez el frío para volver a hablarle.

Un sábado, como todos los sábados, los tíos de María fueron a comer a casa patatas con carne y ensalada. Desde que le había dado el segundo ictus, su prima Teresa estaba como ausente y María se aburría con ella. Se pasó toda la tarde sentada en el jardín mirando al suelo, buscando algo debajo del jacarandá. Así que María subió con su primo Pedro a la habitación para entretenerse. Estuvieron hablando de las clases y de lo que harían al año siguiente.

Pedro siempre le había parecido guapo y ese día se acercaba a ella más de lo normal. Podía verle los poros de la nariz y ese algo oscuro que tenía en los ojos desde que se había muerto su padre. Notó el aliento de su primo que olía a carne de cerdo y a ajo y se asustó. Él pareció darse cuenta y la agarró de los hombros, empujándola sobre la cama. Se le cayó encima un cuerpo que parecía pesar como un camión. Vibraba sobre ella y le buscaba huecos en los que meterse. María le mordió la mano para que la soltara pero, al igual que su madre, su primo parecía disfrutar de los dientes abriéndose paso entre su carne.

La mirada de Dios

José nació unas semanas antes de que su padre, Vicente Quiñones, se fuera de este mundo ciego y, sobre todo, solo. De él recibió
la nariz kilométrica, unos juanetes que le hacían los pies divergen-
tes y la indolencia de los hombres de la familia.

José vivió en casa de sus padres hasta los diecisiete. Justamen-
te los años que le llevaba Manuelita, su hermana mayor, con la que
no coincidió nunca bajo el mismo techo y a la que apenas conocía.
Como ella, José quería huir de esa casa que se tambaleaba discretamente y que hacía a las cosas cambiar constantemente de sitio.

Los días luminosos, a Eusebio, el hermano de José, le dejaban
salir diez minutos al jardín. Solo podían ser diez: era el margen que
le daban sus pulmones. Después su madre se lo llevaba corriendo
para enchufarlo de nuevo a la maquinita. Lo colocaban debajo del
jacarandá para que no se le pusiera el cuerpo rojo y el sol no se le
metiera en los ojos. Eusebio había heredado la piel delicada de su
madre y una enfermedad pulmonar de su difunto tío que lo tenía
enganchado a una bombona de oxígeno día y noche.

José empezó a quedarse a cargo de Eusebio y de su abuela Flora cuando tuvo suficiente fuerza para empujar la silla de ruedas de
su hermano. Su madre utilizaba la mañana de los martes para ir
al mercado y hacía al niño responsable de la casa en su ausencia.
Su hermana Manuelita se había ido de Huaiquín años atrás, y él
vivía con el miedo de tener que cuidar de Eusebio hasta la muerte
y estar encerrado como lo estaba su madre.

Los lunes por la noche José rezaba desde su colchoncito en el suelo para que amaneciera despejado al día siguiente y pudiera salir al jardín. Como dormía en la misma habitación que su hermano, la mañana de los martes era el único momento en el que podía librarse del pitido de la máquina. Ese y los jueves por la tarde, que era cuando Antonia Conejo iba a dar clase de aritmética y literatura a Eusebio. Sacaban al hermanito de la habitación alegando que necesitaban concentración. José retenía todo lo que escuchaba desde el otro lado de la puerta. Y lo que no oía, se lo inventaba. Por las noches lo rememoraba cuando ese calor le subía de la entrepierna al pecho, justo antes de que le llegara a la cabeza y no pudiera controlarlo.

Un martes de verano, corriendo por el jardín alrededor de Eusebio, a José le pareció ver algo extraño entre las flores del jacarandá. Apoyó el pie en la silla de ruedas de su hermano y escaló el tronco. Retiró las ramas con una brusquedad que esa planta no había experimentado hasta entonces y allí lo encontró. No estaba en el árbol sino que colgaba de la fachada de la casa con sus pestañas al viento. Abierto y con toda su pupila al descubierto. Un ojo del tamaño de una nuez que lo miraba sin pestañear. Parecía titilar con cada bandazo que daba la casa, constituyendo la única prueba evidente de que los temblores que venían de las entrañas del edificio eran constantes.

Del susto, el niño cayó al suelo y tuvo que empujar corriendo la sillita de su hermano hacia el interior. Eusebio estaba empezando a ahogarse. José lo enchufó a la máquina y le retiró del pelo las flores. Con los gritos de su abuela Flora, nadie pudo oír cómo le pedía perdón a su hermano.

Desde aquel día de verano José supo que la casa lo observaba y que esperaba algo extraordinario de él. Curiosamente le pareció que su padre, que jamás pudo verle la cara a José, lo espiaba desde lo profundo de las paredes de ladrillo. Sintió que lo había estado persiguiendo desde siempre, pero él se escabullía.

Lo que su hermana Manuelita les mandaba todos los meses y lo poco que su madre y su tía conseguían cosiendo no era suficiente, así que José tuvo que ponerse a trabajar. Siguiendo el oficio de la familia, trabajaba en todas las obras de albañilería que surgían en Huaiquín.

Con diecisiete años lo mandaron arreglar el techo de la iglesia. Una fiebre de origen desconocido había dejado al sacerdote sin poder salir de la cama, y le había pedido a su sobrina que se pasara por allí para comprobar que todo estaba yendo como debía.

Emiliana era alta y se había quedado viuda unos años antes. Salvador Freire, su difunto marido, le había dejado en herencia mucho dinero y ningún hijo. A sus treinta y tantos no confiaba en encontrar otro hombre, pero el niño José se le cruzó por el camino.

Durante el tiempo que duró la reconstrucción del tejado mantuvieron varios encuentros sexuales. Aprovechando la enfermedad del cura y actuando en pro del amor, él colocaba cada día solamente una tejita en el techo para tener más tiempo con Emiliana. En uno de esos encuentros acabaron manoseándose detrás del altar. José tuvo la sensación de que su padre se había metido en los ojos del Cristo que colgaba de la cruz encima de ellos y de que la mirada del Altísimo era la mismísima mirada de Vicente Quiñones.

José utilizaba toda la capacidad de sus pulmones para jadear lo más alto que podía y tratar de callar la voz de Dios. Cada respiración le separaba un poco de su hermano Eusebio y le volvía otra persona. Alguien a quien no identificaba y que no tenía que ver con él, pero que, sin duda, era mucho más fuerte que el José de siempre. El aire que respiraba se le colaba entre los órganos dándole a sus entrañas una forma desconocida para él, pero tremendamente familiar. Era Vicente Quiñones aprovechando la debilidad de su hijo y metiéndosele dentro.

El niño José creyó que aquello era crecer y abrazó ese nuevo estado sin despedirse de lo anterior. Desde la cruz, los ojos de Cristo le golpeaban en la nuca con tanta intensidad que se sintió poderoso. Pensó que, fruto de alguna de esas embestidas, había dejado embarazada a Emiliana. A su corta edad, solo había conocido el sentido de la responsabilidad y también de la culpa. Encontró en esa relación con Emiliana una felicidad absoluta y una libertad que creía no merecida. Tomó aire y se zambulló en ella.

José se alejó de la casa en la que se había criado y, despegándose de la responsabilidad que le había acompañado toda la vida, se mostró por fin compasivo con Eusebio. Como no podían esperar mucho más, tres años después de su primer encuentro, Emiliana parió con muchísimo dolor a una niña: Teresa Quiñones.

Tuvieron que pasar otros trece años hasta que se quedara embarazada por fin de un niño. Con cincuenta y dos años, edad en la que a las mujeres ya se las presupone inútiles para toda cosa que no sea coser botones, Emiliana dio a luz a Pedro. Todo Huaiquín fue a verlo creyendo que estaban ante el milagro mismo de la creación. Bebieron de esa agua verdosa que la abuela Greta repartió en vasitos a todo aquel que quisiera aceptarla.

Pedro Quiñones aterrizó en este mundo exactamente nueve meses después de que naciera María, la hija de Eusebio y Antonia. Ese mismo día la mirada de su padre, o la de Dios o la de la casa, dejó de apuntar directamente a la nuca de José Quiñones, como si, por fin, hubiera cumplido el mandato que años atrás le había ordenado mientras embestía a Emiliana con ese calor que se había quedado atrapado en algún lugar entre el pecho y la cabeza.

Animales escondidos

Manuelita Quiñones había heredado el pelo bufado y la piel blanca de las mujeres de su familia.

Se fue de Huaiquín a vivir a la ciudad cuando se murió su padre, Vicente Quiñones. Parte de lo poco que ganaba se lo mandaba a su madre y hermanos.

Era modista, o eso quería pensar ella. La realidad era que les cogía los bajos de las faldas a las señoras adineradas. También remendaba manteles y ponía bolsillos a los abrigos. El oficio de costurera lo había aprendido de su tía Adelita. La mayoría de sus clientas eran las mujeres de los pacientes de Armando, su marido. Gracias a su trabajo, por las manos de Manuelita pasaban las telas más finas de la ciudad. Texturas que pensaba que no merecía y que nunca imaginó poder tocar. Tejidos que venían de otros continentes y de los que ella se quedaba los pedacitos que sobraban al subir los bajos o al acortar las mangas. Las batas de poliéster de Manuelita estaban decoradas con bolsillos de seda o de lana de vicuña de colores que ni sabía que existían. También los pijamas de Armando lucían solapitas de algodón egipcio.

Con más de cuarenta años, Manuelita volvió a la casa que se tambaleaba con su marido, Armando Maroto, el único hombre con el que había estado. Se les había acabado el dinero y la única opción que les quedaba era mudarse al lugar donde Manuelita había vivido hasta los quince.

Su hermano Eusebio ocupaba la habitación matrimonial junto a su bombona de oxígeno y a su mujer, Antonia. Después de que su abuela Flora muriera con ciento cinco años, habían relegado a su madre a la habitación pequeña. Así que Manuelita se instaló con su marido en la mediana de las dos camas, donde había nacido su padre.

Tratándose, como se trataba, de algo provisional, durante los cinco años que estuvieron allí ninguno de los dos deshizo la maleta. Años atrás Manuelita había salido de esa casa huyendo de la responsabilidad de cuidar a su hermano Eusebio y no pretendía quedarse mucho tiempo. Por supuesto, a sus amistades les dijeron que estaban de viaje; por nada del mundo hubieran confesado que habían tenido que volver al pueblo.

El marido de Manuelita, Armando Maroto, era dentista, como su padre y su abuelo. Su familia llegó a tener una época de abundancia en el pueblo cuando la falta de pescado y de algunos cereales dejó los dientes llenos de caries. Pero hacía ya mucho tiempo que los niveles de yodo y el agua se habían normalizado en Huaiquín, y los Maroto se habían visto obligados a huir a otros lugares a curar bocas ajenas.

El marido de Manuelita se había retirado de la profesión unos meses antes de volver al pueblo, además de por su avanzada edad, porque cada vez le temblaba más el pulso. Él quería una vida diferente.

Armando Maroto tenía animales escondidos. Rescataba grillos y escarabajos y los metía en una cajita que guardaba en un hueco de la repisa del cabecero de su cama. Había empezado con este pasatiempo en la ciudad, pero allí solo se veían hormigas y algún mosquito.

Cuando llegaron a Huaiquín vio en el jardín de la casa su oportunidad para experimentar con criaturas más grandes.

El primer grillo lo capturó a los tres meses de vivir allí, lo metió en la cajita y le dio toda su atención. El insecto se mostraba territorial y desagradecido a pesar de que Armando se encargaba de seleccionar las mejores moscas para él. Se las comía con ansia pero miraba a su dueño con una soberbia invertebrada que no se merecía. Una semana duró.

Una noche, mientras Manuelita dormía, Armando lo llevó al jardín y allí le abrió la tapa de la cajita. El bicho salió de un salto y se marchó altivo sin mirar atrás.

Pasaron siete duros meses en los que solo conseguía hormigas, arañas y algún que otro escarabajo. Hasta que por fin llegó el siguiente grillo. Lo encontró una tarde debajo del jacarandá, pero su suegra, Greta, y su cuñado Eusebio merodeaban por el jardín y le faltó valentía para cogerlo. Tres horas después el insecto seguía en el mismo sitio. Armando pensó que era una señal y que el grillo estaba esperándolo. Lo metió en la cajita y lo bautizó como Segundo.

Aprovechaba los momentos en que Manuelita estaba en el baño para alimentarlo. Con el paso del tiempo fue acumulando varios grillos y unos cuantos escarabajos que iba reponiendo cada semana y que resultaban el festín de los patilargos.

Cuando no tenía hueco para ningún insecto más, Armando los liberaba a todos menos a Segundo.

Lo aseaba una vez a la semana en el sótano. Le daba friegas en las patitas traseras con esa agua verdosa que había visto sacar a Greta del suelo el día que nació la hija de Eusebio. El grillo mojaba sus antenas y cantaba de pura alegría. Armando ponía unas gotas del agua milagrosa en su mano y le ofrecía algún sorbito que el insecto recibía como el mejor de los vinos.

Al principio le daba de comer moscas que mataba y metía cuidadosamente en el poliedro transparente. Pero Segundo acabó por aburrirse de que le dieran el trabajo hecho y las fue dejando todas amontonadas en una esquinita. Así que Armando metía insectos vivos más pequeños y contemplaba el ritual salvaje de la caza en un espacio diminuto.

El animal se fue haciendo cada vez más grande y tuvo que mudarlo a una caja de zapatos. Había triplicado el tamaño medio de un grillo y, para poder caber en el cubículo, las antenas se le habían rizado.

Segundo se había vuelto pálido como la luna. Los martes por la mañana, cuando todas las mujeres de la casa estaban en el mercado, su dueño lo sacaba un ratito al alféizar de la ventana. Eusebio no se podía mover de la cama sin ayuda, así que de ninguna manera podía descubrir el secreto de Armando. El grillo se quedaba inmóvil recibiendo el sol, le brillaba el lomo como la plata. Cuando llevaba diez minutos en una postura, se giraba para calentarse la otra mitad del cuerpo.

Nunca había tratado de escapar. A juzgar por la sumisión debía de ser un grillo doméstico y, seguramente, hembra. Parecía estar acostumbrado a hacer felices a los demás. Armando le daba tomate que se guardaba del almuerzo, sardinas para la vitamina D y judías con arroz los domingos. Le había enseñado a callarse cuando entraba Manuelita en la habitación y lo quería como a un hijo. El grillo lo miraba desde sus ojos simples y también desde los compuestos. Miles de ventanitas captaban la imagen de Armando y la juntaban en una sola que el insecto identificaba como la de su amo.

Se le aparecía en sueños y en sueños le decía que se fueran de esa casa que no esperaba nada de ellos. Segundo se le manifestaba a Armando por las noches quince veces más grande de lo que era en la realidad, exactamente de la medida que correspondía al poder que tenía sobre él.

Seguramente Armando Maroto criaba a los grillos para calmar su deseo de ser padre. Manuelita no podía tener hijos y habían convenido que era lo mejor para los dos. Eso era lo que pensaba ella, porque él vivió siempre con la esperanza de poder tenerlos algún día. Trataban de llevar una vida bohemia en la ciudad que les diferenciara del resto, aunque la realidad era mucho más cruel. Su casa estaba llena de muebles y lámparas de techo con formas imposibles, pero las sábanas eran de algodón y las sartenes estaban desgastadas. Todo lo que podía ocultarse a la vista era normal. Incluidos ellos por dentro. Para esconder la mediocridad y despistar las miradas, se compraban chaquetas brillantes y zapatos de punta dorada.

Gastaron todo el dinero en sombreros: de ala ancha, caladitos, de pico, incluso boinas. Como la cabeza de Armando era desproporcionada, tenían que hacérselos a medida. Sentía mucho gusto cuando el sastre le recorría el perímetro craneal con la cinta métrica y le hacía parecer importante llamándolo por su apellido. Luego extendía el billete planchado y reluciente, y se marchaba a casa a cenar una lata de encurtidos y un trozo de pan. Armando se acostaba con el pecho henchido y la barriga vacía.

Toda la elegancia la tenían solo por fuera. Comían como personas normales y corrientes y hablaban únicamente de cosas aburridas. Ambos eran conscientes de su falta de originalidad pero nunca lo comentaban, y ese contraste entre lo de fuera y lo de dentro les daba un aspecto algo ridículo pero, sobre todo, tierno.

Segundo se fue volviendo transparente y, con la luz adecuada, se le podían distinguir por dentro los órganos de invertebrado. Los tirabuzones de sus antenas fueron perdiendo firmeza y se quedaron quebradizos y débiles. Cuadruplicó la esperanza de vida de un grillo común y murió en la mano de su amo un día de lluvia. Se despidió de él agachando la cabeza, cualquiera hubiera dicho que hacía una reverencia, y le dijo adiós desde sus miles de ojos. Armando guardó su cuerpo en la cajita transparente en la que vivió los primeros años. Apenas cabía y, como no quería dar explicaciones a su mujer de por qué escondía el cuerpo de un grillo de más de un palmo, lo enterró justo donde lo había encontrado: debajo del jacarandá, al lado de Félix Quiñones. Había tenido una vida plena junto a él.

Manuelita murió cinco años después de volver a Huaiquín. La atropelló un transporte de mercancías en la plaza del pueblo. Los últimos segundos de vida los gastó en rezar para que sus amigas de la ciudad no se enteraran de que el camión estaba repleto de terneros y que su cuerpo apestaba a establo.

En el pueblo se rumoreaba que aquel accidente lo había provocado el espíritu de su tío Félix, el guapo, que buscaba la desdicha de la familia y tiraba de todos ellos hacia el otro mundo. Pero Eusebio había visto salir a Manuelita despavorida el día de su muerte. Él estaba en el jardín, tomando el sol con su hija María, y le pareció escuchar a la casa quejarse y escupir a su hermana hacia afuera. Manuelita corrió enloquecida hasta la plaza y el camión que llevaba parado toda la mañana decidió arrancar en el momento justo en el que ella pasaba. Lo que no supo nadie es que vio algo en el jardín que la hizo huir espantada. Seguramente el fantasma de Segundo, que había salido de debajo del jacarandá a tomar el sol.

Armando tenía setenta y siete años cuando murió su mujer. Cada vez le costaba más ocultar su mediocridad, como para tener que esconder también la pena.

Varias veces imaginó su muerte; elegía un sombrero diferente para cada ocasión y con ninguno se veía digno de tal celebración.

Imaginaba que se iría hueco, que todo lo normal y corriente se le vaciaría en el momento final y que solo quedaría la elegancia. Lo meterían en una cajita de pino abrazado a Segundo. Claro que antes tendrían que sacarlo de debajo del jacarandá y plancharle las antenas para la ocasión. Todo Huaiquín comentaría lo buena pareja que hacía con ese grillo y lo bien que combinaba su chaqueta de seda gris con el plateado del lomo.

Armando Maroto hizo las maletas y se fue de esa casa, como Segundo le había ordenado en sueños. Dejó su secreto bajo el jacarandá y la cajita vacía, como él, en la repisa de la cama. Salió dando un salto y se marchó altivo sin mirar atrás.

Las luces

Claudia Quiñones tenía tres años cuando se dio cuenta de que veía cosas que el resto no veía.

Sus padres eran primos hermanos. El azar quiso que un solo encuentro en casa de sus abuelos engendrara en su madre, María, a una niña. Cinco minutos le bastaron a Pedro para llenar a su prima de responsabilidad y de vergüenza. Intentando simular un padre desconocido, Claudia llevaba el apellido de su madre, que coincidía curiosamente con el suyo real.

La niña aparentemente era normal, aunque su madre siempre le andaba buscando alguna tara. Le miraba por detrás de las orejas y debajo de la lengua. María había visto a hijos de primos y de hermanos, y todos le parecían anormales o, por lo menos, feos.

Su hija Claudia era menudita y con los ojos grandes como almendras en pleno agosto. Había sacado los dientes prominentes de los Conejo, la familia de su madre, pero fea no era. Su mirada era oscura —no se le distinguía la pupila del iris— y rápida, lo que le permitía mirar donde quisiera sin ser vista. Tenía el pelo fino como el hilo y una boca gruesa que casi nunca abría. Dormía en la habitación más pequeña de la casa de sus abuelos, la que había sido de su abuela y antes de su bisabuela.

Hacía un par de años que su abuela Antonia no arreglaba los desajustes que el río subterráneo ocasionaba en la casa, y los armarios y las ventanas no cerraban del todo. Dejó de ocuparse de ello el día en que Pedro Quiñones, el padre y tío segundo de Claudia, apareció muerto en el sótano.

También, desde la muerte de Pedro, el abuelo de Claudia se había vuelto extraño. Se le había nublado el carácter como les había pasado a su padre y a su abuelo. Se lo encontraban muchas tardes enfurruñado y tirado en el suelo. Eusebio Quiñones aprovechaba cuando no había nadie en casa para intentar levantarse y echar a andar. Él, que siempre había vivido resignado a su condición. Que no había heredado el mal humor de los hombres de su familia. Pero que, desde que su sobrino había muerto, levantaba la cara orgulloso al pasar por delante del cuadro de su bisabuelo Rafael Quiñones y le pedía a gruñidos a su nieta Claudia que le pusiera la sillita de ruedas cada vez más separada de la cama para retarse y aguantar más tiempo de pie. A pesar de que sus pulmones no le dejaban más que unos minutos de margen, Eusebio cada día llegaba un poquito más lejos y sus músculos estaban empezando a ponerse duros como piedras.

La niña vivía asustada porque, cuando sus abuelos y su madre se habían acostado, unas luces pasaban por el hueco que dejaba la puerta de su habitación y se le metían en los ojos. Los cerraba todo lo fuerte que sabía, retorciendo las pestañas, pero los destellos se colaban de todas formas.

A través de ellos podía ver a todas las mujeres de su familia haciendo tareas domésticas, quehaceres del día a día. Fregando los platos, cocinando y tendiendo la ropa al sol. Todas lo hacían en la misma casa, esa misma en la que la niña intentaba dormir. Claudia reconocía la cocina, el pasillo y el suelo de madera.

Nunca entendió muy bien por qué gastaba sus noches viendo las cosas cotidianas que hacían sus bisabuelas y las tías de sus abuelas. Si era una señal divina para ocuparse de algo, los dioses tenían que concretar un poco más porque, desde luego, ella no se hacía cargo de nada.

Cuando se hizo un poco más mayor, y una vez hubo visitado a todas sus ancestras en sus actividades domésticas, empezó a ver cosas que todavía no habían pasado. Ella lo confundía con soñar y, al principio, lo relataba durante el desayuno ante la mirada condescendiente de su madre y su abuela Antonia.

Claudia acababa de cumplir seis años el día en el que se dio cuenta de que las cosas que de noche veía sucedían también en el mundo real. Era todavía pequeña para entender que eran sus antepasadas las que, desde el otro mundo, se metían por debajo de su puerta por las noches; que estaban intentando avisarla de lo que tenía que hacer y de que era ella la encargada de restablecer el orden en la familia.

Se despertó de golpe ese día antes de dar las siete de la mañana y fue corriendo al baño para intentar digerir lo que le habían enseñado las luces. Claudia no sabía leer, pero ya ordenaba las ideas como una adulta.

Al salir le alivió escuchar el pitido de la maquinita de oxígeno. Se acercó y, poniéndose de puntillas, intentó llevar la mano a la cara de su abuelo. Una pelusa de la colcha se elevaba y bajaba de la barriga de Eusebio Quiñones al ritmo del sonido de la bombona, que estaba enchufada en la pared del cabecero.

Un ojo asomó por encima del cuerpo, y la pupila, que se camuflaba como la de ella, se le clavó.

—Vas a despertar al abuelo. Vete a la cama que aún no ha salido ni el gallo.

Claudia atravesó corriendo el pasillo y se metió en la cama con su madre, que roncaba ampliamente mientras soñaba con su amiga Blanca por cuarta vez esa semana. En el sueño, María Quiñones llevaba un vestido color celeste hecho con papel celofán que avisaba a todo el mundo de por dónde iba. El repiquetear azul convertía en nieve el asfalto seco de la calle Larga de Huaiquín. Su amiga Blanca se había quedado atrancada en la puerta de la casa donde vivían sus padres. Se le había ensanchado el cuerpo en el momento justo de marcharse, con tan mala suerte que la había pillado saliendo por la puerta. María corría en su ayuda haciendo chocar el vestido contra el suelo y entonando un *cla cla cla* que recordaba a la canción de Ernestino Yunque que todas las madres del mundo habían cantado alguna vez a sus hijos para dormirlos.

El gallo de Huaiquín se despertó tarde ese domingo y cantó acelerado. Intentó hacer coincidir su última nota con las campanadas de las ocho.

Claudia esperó obediente y corrió pasillo abajo mientras su madre aún tiraba de las piernas de su amiga para desatascarla. Sorteó el cable de la máquina de oxígeno con cuidado de no desenchufarlo, se subió a la cama aplastando su cuerpo contra el de su abuelo y comprobó que respiraba. Las sábanas estaban todavía calientes, pero ya se oía a su abuela trajinar en la cocina.

Su madre salió a las nueve de casa a su quehacer de todos los días: cuidar al hermano mayor de los Medina, que vivía a una hora de Huaiquín. Por ser domingo, no tenía que llegar hasta las doce, pero, también por ser domingo, la camioneta solo pasaba a las nueve y media y a las once y media, así que no podía permitirse perder la primera.

Toda la mañana estuvo Claudia con su abuelo, contándole historias, con el pitido de la máquina de oxígeno fondo. No se quería separar de él, no fuera a ser que se cumpliera la desgracia que le habían enseñado las luces por la noche.

Le habló a Eusebio de las mujeres que veía de madrugada, de su tatarabuela Flora y su manera de amasar la harina con levadura y aceite para hacer pan. La niña se inventaba las palabras para nombrar las cosas que había visto solo en sueños e imitaba con aspavientos el balanceo de la masa sobre una encimera imaginaria.

También le contó cómo había aprendido a tejer observando a Adelita, la hermana de su bisabuela Greta. Mezclada con lo que su nieta le estaba contando, a Eusebio se le puso delante la imagen que guardaba de su tía y recordó con qué cuidado le cosía los pantalones del domingo cuando era niño. Hacía años que no se permitía entrar en los huequitos de su cabeza donde estaban las mujeres que lo criaron.

Eusebio Quiñones quiso preguntar por su padre, pero las luces que hablaban de cosas que ya habían pasado solo le traían ancestras a la niña. Vicente Quiñones, y el resto de los antepasados hombres, no eran más que una misma sombra sin cara que vagaba por las vidas de las mujeres de la familia.

Como era domingo, comieron puntuales a la una judías con arroz. Claudia no tenía mucha gana, así que se dejó la mitad del plato y acabó comiendo pan untado en tocino y un vaso de leche. Solo estaba permitido hacer eso los domingos, claro estaba.

Eusebio Quiñones se durmió después de comer, dispuesto a soñar con lo que le había contado su nieta. Aunque la máquina de oxígeno seguía bombeando incansable, Claudia recordó lo que las luces le habían enseñado por la noche y se asustó. El miedo de que algo pudiera pasarle a su abuelo se le metió en los oídos y ocupó todo el hueco del tímpano impidiendo el paso al pitido de la máquina.

Bajó al salón a pedir ayuda, pero su abuela estaba dejando que su cuerpo digiriera el tocino mientras se mecía en una larga siesta. Subía y bajaba la mandíbula al ritmo del ronquido. Cuando el labio inferior se aproximaba a los incisivos, dejaba escapar un ruido parecido al que hacía al sorber la sopa de los sábados. Con los dientes acorralaba a la saliva, que se le acababa acumulando encima de la lengua y formaba una piscinita a punto de rebosar.

Claudia, que lo había visto hacer a su madre muchas veces, corrió a la puerta de casa para salvar a Eusebio, pensando que se había ido la luz y que la maquinita no podía darle oxígeno a su abuelo. Saltando atinó a abrir la tapa del cuadro de luces. Puso un piececito en el paragüero y otro en el picaporte, y se quedó mirando los conmutadores. Le temblaban las piernas y recordó que su madre siempre buscaba el interruptor distinto cuando se fundían los plomos.

Pero todas las clavijas le parecían iguales a la niña, así que acercó su mano a la que estaba alejada del resto, a la izquierda. Empujó el ganchito y lo bajó. Toda la casa se quedó en silencio, incluso el miedo que había dejado de percutir en el oído de la niña.

De un salto, Claudia bajó al suelo y corrió contenta a abrazar a su abuela y a contarle, entre sueños, que creía haber conseguido esquivar el designio que las luces tenían preparado para su abuelo.

La tarde espesa de domingo las acunó a las dos y se despertaron unas horas después por los gritos de terror de María, que había vuelto de cuidar a Enrique Medina a las cinco y media de la tarde.

La casa se llenó de gente de Huaiquín que quería dar el pésame a la familia Quiñones. Y también de curiosos que veían su oportunidad de husmear en el edificio más profundo del pueblo, donde habían vivido seis generaciones y habían descansado ya cuatro difuntos y un grillo.

El ataúd donde habían metido cuidadosamente al último muertecito de la casa estaba encima de la mesa del salón, donde apenas unas horas antes habían comido judías con arroz. Los restos de tocino habían dejado el tablero como recién barnizado, con un brillo jamás visto en esa mesa.

La cajita de pino dejaba una sombra en el suelo que no se quitaría por mucho que María y su madre frotaran con los mejores detergentes y pastillas de jabón de todo Huaiquín.

La familia Medina al completo vino a dar el pésame. Claro que no había más que una camioneta el domingo por la tarde, pero ellos llegaron a la hora prevista. Habían contratado a un chófer al que pagaron el mismo dinero que ganaba María en todo un mes.

Antonia bajó con su nieta al sótano y, saltando por encima de la raíz del jacarandá que ya ocupaba toda la estancia, accedieron a la parte de atrás. Una de las protuberancias que sobresalía más de la cuenta se le clavó a Antonia en el tobillo. Hundió su pie contra la robusta raíz y disfrutó de cómo el pinchito atravesaba la media y luego la primera capa de piel. Hasta que no le supo a metal la saliva no dejó de apretar sus dientes contra el labio inferior.

Empujaron entre las dos el sillón amarillo y la abuela abrió con sus dedos arrugados la compuertita. Tuvo que tirar fuerte de la anilla. El tiempo y la humedad habían hinchado la madera y la tapa parecía no encajar en el agujero sobre el que descansaba. Una vez liberó la madera que cubría el hueco, un chorro de agua salió despedido. A Claudia le pareció que el líquido tenía un color mucho más brillante y menos verdoso de lo que las luces le habían enseñado.

Llenaron trece jarras que fueron subiendo poco a poco hasta el salón. Antonia ofreció un vasito a todos los que habían venido a velar por su marido. Algunos se lo bebieron de un solo trago, deseando que fueran ciertas las habladurías y que esa agua les hiciera más longevos o más guapos, y otros, desconocedores de la historia, simplemente saciaron su sed.

Todas las primas de María aparecieron para dar el pésame por Eusebio. La otra abuela de Claudia se sentó en el sofá junto a su hermana, justo enfrente del ataúd. El cuadro de Rafael Quiñones lucía triste, y el lila de la flor de la solapa parecía haberse apagado.

También las muertas de la familia desfilaron por la casa: Flora, la tatarabuela de Claudia; Greta y Adelita, la madre y la tía de Eusebio; Juana Fuensanta; Manuelita y Teresa Quiñones, y Rosario Conejo, la hermana de la abuela Antonia.

Una a una fueron pasando por delante de Claudia. Le regalaban una sonrisa o un beso en señal de agradecimiento por haber acabado con el último Quiñones de la casa, que era, en realidad, el primero. Le daban las gracias a la niña por haber escuchado sus plegarias por las noches y por haber devuelto la justicia a la familia, y se colocaban nerviosas una detrás de otra. Las muertecitas en fila esperaban su turno para besarle en la frente al viejo Eusebio como bienvenida.

Adelita se paró un poco más, frenando el ritmo de las difuntas. Tiró con fuerza del bajo del pantalón de su sobrino de cuerpo presente y le susurró a su hermana que le habían dejado el tiro alto. «Vamos, flacucha, que no tenemos todo el día, aquí estamos todas esperando para besarle a Eusebio», dijo Flora, que nada había tenido que ver en vida con Adelita pero que compartía habitación en la casa desde que ambas estaban muertas.

Juana Fuensanta aplastó sus gafitas nacaradas contra el entrecejo para que no se le cayeran encima del difunto y le escupió con delicadeza en la frente. Se inclinó sobre él y dijo «Ay, Rafael, mi amor» y otras cosas que nadie, ni Eusebio mismo, oyó. Cuando hubo terminado, Juana se agarró de la mano de Flora y se apartó de la cajita de pino dejando sitio para la siguiente en la fila. Luego se trenzó el pelo y lo ató con una gomita que se sacó del refajo, mostrando sus orejas de soplillo a todo aquel que quisiera mirarla y pudiera hacerlo.

Claudia encontró en ellas los rasgos que ya conocía: los callos de las manos, la manera de caminar o el largo de sus faldas. Había tenido que morirse su abuelo para que las pudiera ver juntas y sin que las luces las hubieran traído por debajo de su puerta.

Las chaquetas de todas las personas que habían venido a ver cómo era su abuelo de muerto se habían amontonado encima de la cama de su madre, formando un altarcito.

Claudia se metió debajo y se echó al lado de la máquina de oxígeno, que estaba fría como la cara de Eusebio. Creyendo que así se rezaba, apretó una manita contra la otra mientras murmuraba palabras inventadas, pidiendo que desapareciera toda esa gente que llenaba su casa.

A las doce de la noche se fue la última persona: la prima de la madre de Claudia, que era al mismo tiempo su tía. El segundo ictus la había dejado un poco sorda y, tras el tercero, había decidido tirarse por la ventana. De esto hacía solo tres semanas, así que bien podría considerarse que Teresa Quiñones estaba todavía un poco viva.

Antes de irse, cogió de la mano a la niña y le gritó algo al oído. Lo rugoso de sus manos la transportó a las imágenes que las luces le habían traído de su tatarabuela Flora frotando las camisas contra la madera.

—Claudia, bonita, tu abuelo estaba ya muy mayor, y cuando la gente se pone vieja quiere subir enseguidita al cielo.

La niña quiso decirle a Teresa que era ella la que le había dado una patada hacia arriba a su abuelo y que él no tenía gana de irse a ninguna parte.

Confundida, descubriéndose responsable y no profeta, la niña intentó sacarse la culpa de todas las maneras que se le ocurrían. Guardó un estropajo debajo de la cama con el que se lavaba los pies y la frente antes de acostarse y también al levantarse: la frente, para borrar las luces que le habían enseñado que debía matar a su abuelo; los pies, para proteger a su madre de la vergüenza, porque los tenía arrugados y feos por los juanetes que había heredado de su tío segundo y difunto padre, Pedro Quiñones.

El muertecito

En esa misma repisa donde Armando escondía a Segundo, muchos años antes Juana Fuensanta dejaba sus gafitas de nácar. Casi todas las noches las cerraba dejando la patilla izquierda sobre la derecha. Y, cuando deseaba con fuerza que algo extraordinario le pasara, la derecha sobre la izquierda. Al día siguiente madrugaba y se pegaba bien las gafitas al entrecejo para no perderse ni una sola de las cosas emocionantes que estaban por venir.

Juana se racionaba la suerte. No repetía ese movimiento dos noches seguidas. Por ejemplo, cada cuatro o cinco días le parecía lo mínimo razonable. Le asustaba dejar de tener en sus manos el control de lo extraordinario. Quién podía saber si, por abusar, modificaría el patrón del azar. Su abuela Carmen, por el contrario, tenía la suerte fuera de su alcance. Poco antes de morir le confesó a Juana que sus días eran mejores si al envolverse con la toalla después del baño le pillaba hacia dentro el lado del bordadito. Bien es verdad que no tenía ninguna de margaritas o jazmines. Carmen solo las compraba con lirios o camelias bordadas que ocupaban casi un tercio de la toalla. Así podía mirar de reojo para ponérselo más fácil a la suerte y atraer a las cosas buenas. Pero la trampa no siempre le funcionaba bien.

Si Juana no hubiera llevado gafas, probablemente habría sido una desgraciada toda su vida. Desde luego eso tenía que agradecérselo al ojo vago.

Juana Fuensanta había sido la primera mujer en vivir en la casa más profunda de Huaiquín, la que más conectada con los muertos estaba. La que los dejaba pasar a través de los huecos de las paredes. Que ella supiera, nunca se había encontrado con ninguno de cara y no les tenía miedo.

Había acostumbrado su cuerpo al balanceo. Desde que echó a andar se tuvo que habituar al que le proporcionaban sus piernas desiguales. Cuando volvía de recoger las verduras, las hojas de los repollos abanicaban a todo aquel que se cruzara con ella.

La cojera había impedido a Juana ser como las mujeres que veía por la calle. Ella tenía que recogerse el pelo y no podía llevar pendientes largos porque hacía tal ruido al caminar que se le escurrían sus propios pensamientos.

Desde pequeña su cuerpo había tratado, inútilmente, de compensar su deformidad y le dolían la cadera y la espalda a diario. Hasta el día de su muerte, su madre le daba friegas cada semana y le colocaba una hojita de col en las rodillas para aliviar la articulación.

Juana aguantó también durante más de cincuenta años los movimientos del río que vivía bajo sus pies. Al principio se le ocurrió pensar que la casa en la que vivía con Rafael Quiñones le escondía las cosas. Pero, con el paso de los años y su reconciliación con ella, se dio cuenta de que solo se las movía de sitio para que encontrara otras.

El agua que salía del sótano le curó un par de malas gripes y le dejó el pelo liso y blando como hojas de helecho. A pesar del tambaleo y de la frialdad con la que la acogió, Juana estaba agradecida a la casa en la que había vivido tantos años.

Se encargó de ella desde el principio. Con sus propias manos hizo el mosaico de la entrada que solo apuntó al norte un par de años y allí vivió dos romances y una separación. También crio allí a su hijo y al hijo de su hijo.

Pero mucho tiempo antes, cuando todavía no se había enamorado de Flora y cuando aún ocupaba la habitación matrimonial junto a Rafael, ocurrió algo que convirtió a Juana en la mujer que fue hasta el día de su muerte.

El día en que su hijo Ignacio trajo a su novia a casa por primera vez, hacía muchísimo calor. Juana lo recordaba porque Flora llevaba un vestido rosado de hilo y su hijo no paraba de meterle la mano por debajo de la tela. Era tan traslúcido que podía ver los dedos anchos como longanizas de Ignacio estrujando la carne de su novia. Rafael Quiñones miraba a su nuera con lascivia y aprovechaba las incursiones de la mano de Ignacio para llenar su cabeza con alguna imagen más. Flora, que de tonta no tenía un pelo, quitaba con brusquedad de sus muslos la mano de su novio advirtiendo a su suegro de que no se le ocurriera mirar más. Juana, que se daba perfecta cuenta de todo, se esmeraba en ocultarlo y miraba a otro lado en el que no se encontrara con la vergüenza y la culpa de cara.

Pero el día en que Rafael Quiñones cumplió los cincuenta años no hubo sitio donde esconderse. Juana se los encontró en el sótano: a Flora, que por aquel entonces tendría unos veintiocho años, y a su marido. Rafael había bajado a enseñarle el secreto de la casa a su futura nuera y, de paso, habían prometido subir una botellita para brindar por su medio siglo en la tierra.

Cuando Juana bajó encontró a Rafael detrás, empujando, y a Flora enajenada sobre el silloncito amarillo. Tenía su cuerpo grande desparramado en el mueble y parecía poseída, como si sus huesos no le pertenecieran. Con su ojo gris Flora buscó a su futura suegra. Se la encontró aterrorizada y diminuta al pie de la escalera. Con el verde miró hacia adentro y vio a Jacinta y a su abuelo sentados sobre sus vísceras. «Flora, dame agua que me muero». Y Flora buscaba con los ojos un vasito para su hermana, pero la imagen de su cuerpo desde arriba lo tapaba todo. Su cuerpo que solo era carne. Viscoso y marrón. Ni vestido de hilo ni sandalias. Solo carne.

Rafael, que no miraba a ningún sitio, agarró del pelo a su futura nuera y todas las flores de su cara se estamparon contra el amarillo del sillón. Juana se tuvo que recolocar las gafas y entornar su ojo bueno para convencerse de que lo que tenía delante era real.

Rafael miró a su mujer y, sin dejar de apretar los dientes, le hizo un gesto seco con la cabeza para que se marchara. Juana obedeció como siempre. Subió las escaleras lo más rápido que sus piernas asimétricas le dejaron. Fue en ese preciso momento en el que reconoció que le estaba haciendo a su nuera lo mismo que había estado haciendo con ella los últimos treinta años. Le había costado identificarlo porque siempre era sobre su propia cama. Sobre las sábanas de lino blanco que su padre les había regalado por la boda. Y porque pasaba por las noches, que es cuando los matrimonios hacen el amor.

En el salón, Ignacio, ajeno a lo que estaba sucediendo bajo sus pies, comía tarta compulsivamente. Contento, se imaginaba cómo irían todos juntos a la piscina cuando la abrieran en verano y cuánto bien traería al pueblo.

La mitad de los hijos que salían de su cabeza tenían los ojos grises, y la otra mitad, verdes. A todos ellos Ignacio se los imaginaba con los músculos de Flora y nadando como atletas olímpicos.

Juana se sentó junto a su hijo. Le parecía escuchar todavía los jadeos de su marido y los golpes del silloncito contra la pared. Carraspeaba o se reía alto de vez en cuando para tapar la vergüenza que trepaba hacia ella por las escaleras al salón.

Al poco rato, suegro y nuera subieron del sótano y comieron tarta. Ignacio ni siquiera se dio cuenta de que no traían consigo la botellita rellena con la que brindar.

Ese fue el último cumpleaños de Rafael Quiñones.

Juana y Flora tardaron casi un año en darse cuenta de que se merecían una venganza. Por las noches, cada una en su camita, imaginaban cómo sería. Les entraba un fuego por dentro que a veces confundían con miedo. Era el deseo de despegar por fin a Rafael de sus cuerpos. De cortarle las manos y sacarle los ojos.

Un lunes, que podría haber sido uno cualquiera, Flora y su suegra se fueron al río a las cuatro menos diez. Para no dejarlo al azar, la noche anterior Juana había colocado la patilla derecha de su gafa sobre la izquierda.

Cuando llegaron, se encontraron a Rafael sentado en una piedra con los zapatos al lado. Con sus juanetes al aire, fumaba un cigarro mientras miraba al río.

La valentía a Juana le quedaba de maravilla. Le hacía parecer más alta y cualquiera hubiera dicho que su pierna mala había alcanzado por fin a la buena.

Lo último que vio Rafael Quiñones fue a su mujer y a su nuera empujarlo contra las rocas. El titilar de sus ojos las mezclaba a las dos. La imagen de Flora se fundía en la de Juana y le pareció que eran una única cara, una sola rabia. Rafael quiso alcanzarlas con los dedos pero solo llegó a coger la trenza de su mujer. Le arrancó el lazo y se lo llevó en su mano cerrada al otro mundo.

Tres piedras quedaron salpicadas de Rafael. Las dos mujeres limpiaron la sangre con sus faldas y un poco de salivita que Flora escupió desde lo más profundo de su alma. Arrastraron el cuerpo hasta el río y tiraron los zapatos a continuación.

Como señal de buena esperanza, o eso querían pensar ellas, el río que durante tantas décadas estuvo ausente en Huaiquín apareció para limpiar el pueblo y llevarse al que durante tantos años lo había monopolizado.

El cuerpo flotaba inerte y Rafael Quiñones salía ya de él en busca de otros en los que pasar el resto del tiempo que le quedaba. Los zapatos se dejaban arrastrar por la corriente, persiguiendo unos pies desnudos y deformados que ya no les pertenecían.

En el momento mismo de abandonar su cuerpo, Rafael se sintió elegido por Dios, como cuando Marcos Picón le señaló el punto sagrado de la tierra, y se le puso en los ojos la mirada del Altísimo.

Nuera y suegra, esposa y madre, se alejaban ya del río, la una cojeando y apoyándose en la otra. Flora parecía haberse contagiado del balanceo de su suegra, y sus cuerpos oscilaban en una misma frecuencia. «Florita, hija, no tenías que haber venido», dijo Juana quitándose el pelo que su cojera le había metido en los ojos.

Al llegar a casa se sacaron las faldas manchadas con la sangre de Rafael y se arrodillaron. Las miguitas de pan que habían quedado de la comida y que no habían barrido se les clavaron en las rodillas. Las futuras amantes, en enaguas, rezaron con las manos juntas para que Dios no se las llevara.

Ignacio las escuchaba murmurar desde la cocina. Se estaba comiendo gustosamente el pan con chocolate que le habían dejado preparado antes de su único quehacer del lunes.

El cuerpo de Rafael Quiñones flotaba en el río, pero su alma entraba por la ventana de la cocina en busca de un cuerpo que ocupar. Un cuerpo desde el que seguir dirigiendo. Desde el que vengarse y con el que asegurarse otros cuerpos que invadir en los años que estaban por venir.

Para cuando Ignacio se hubo terminado el pan con chocolate, ya no era él. Salió de la cocina y miró a su madre y a su mujer de otra manera, con los ojos del hombre que acababan de tirar al río.

Al ladito de la mesa de comedor fue donde Juana y Flora juraron no decir nunca lo que había pasado. Allí, a su manera, enterraron al primer muertecito de la casa. El primero, el más difícil y el menos llorado. No volvieron a hablar nunca de ello.

La viuda, como señal de luto, llevó desde entonces el pelo suelto y escondía tras él sus orejas y su secreto.

Ninguna de las dos podía imaginarse que Rafael no se había ido del todo, que seguía con ellas en esa casa, que aprovecharía cualquier hueco para meterse y permanecer. Que tendrían que volver muchos años después de muertas para terminar lo que habían empezado ese lunes.

Juana dejó tendida al viento todo el día siguiente la falda suya y la de Flora. Ilusas, pensando que así se librarían por fin de él, habían estado frotando las telas la noche entera hasta que se les levantó la piel de las manos. Felices y poderosas, esperaban que la culpa se les fuera de una vez del cuerpo. Toda la tarde se la pasaron vigilando al cielo, no fuera a ocurrírsele al sol esconderse hasta haber borrado por completo la sombra de Rafael Quiñones.

Índice